Peter Dell

Sturm über der Südpfalz

KnechtVerlag

Umschlaggestaltung: Anette Marquardt

1. Auflage 2005
ISBN 3-930927-91-8

Aufklärung

Einige meiner geschätzten Leser haben in meinem ersten Pfalzkrimi *Leiche in Spätburgunder* Personen entdeckt, die sie scheinbar zu kennen wähnten. Kann das wirklich sein? Die Suche nach scheinbar bekannten Charakteren ist in der Südpfalz, besonders in Landau, zu einem spannenden Gesellschaftsspiel geworden, dem ich mit dem vorliegenden neuen Krimi weiteren Vorschub leisten möchte. Eines kann ich Ihnen jedoch versichern: Wie bei meinem ersten Buch sind alle Verbrecher, Mörder und sonstige Übeltäter frei erfunden. Ähnlichkeiten mit lebenden oder toten Personen sind in diesen Fällen weder gewollt noch beabsichtigt und wären wirklich nur rein zufällig. Wie in jedem guten Kriminalroman gibt es jedoch auch die guten und redlichen Personen. Bei diesen Personen ist es so wie bei den Bösewichten. Einige wenige sind meiner Fantasie entsprungen. Andere hingegen haben echte Vorbilder und sind dem tatsächlichen Leben entnommen. Die Ähnlichkeiten sind bei jenen völlig beabsichtigt. Das heißt jedoch nicht, dass irgendeiner der »Bekannten« auch nur ein Wort gesagt hat, das ich ihm in den Mund gelegt habe. Die geschilderte Geschichte ist natürlich frei erfunden und hat keinen wahren Hintergrund. Die »Entlarvung« von scheinbar Bekannten überlasse ich jedoch Ihrem kriminalistischen Gespür und wünsche Ihnen viel Vergnügen bei der Lektüre.

Peter Dell, Landau in der Pfalz, November 2005

Sonntag, 8. Oktober

Tropfnass schlüpfte ich durch das Unterholz am Rande der Wege im Schillerpark. Der Schillerpark ist einer der großen Parks Landaus, die der Stadt einst das Attribut Gartenstadt verschafften. Für Gartenstadt und Blumenkorso gibt es aber seit Jahren kein Geld mehr. Bei diesem Wetter würde man sowieso keine Herbstblumenpracht genießen können. Die Bäume bogen sich unter der Wucht eines heftigen Herbststurms, der sich seit dem Morgen über Landau zusammengebraut hatte. Der Regen prasselte ununterbrochen und der Wind peitschte durch die Straßen. Es war bereits neun Uhr abends. Wie das Wetter, waren auch meine derzeitigen Geschäfte und meine entsprechende Laune. Seit Monaten passierte in der Stadt nichts mehr, das mir auch nur einen müden Cent in die Kasse brachte. Es schien sogar, die Ehebrecher hätten ihr Handwerk eingestellt. Seit ich vor einem guten Jahr den Mord an einem reichen Winzer aufklärte und einen Weinskandal aufdeckte, war es ruhig in meiner südpfälzischen Heimat. Dabei dachte ich damals, es wäre das Ende der trögen Kleinstadtdetektiverei.

»Miez, miez, miez ... komm raus du, mieses Stück. Wenn ich dich habe, schenke ich dich dem Chinesen an der Ecke, dann endest du als Kater süßsauer!«

Nichts rührte sich. Der Sturm und der Regen übertönten alle Geräusche, die mich auf den Kater Moritz aufmerksam machen könnten, den ich für eine reiche alte Witwe suchen sollte. Sie ließ sich das Auffinden des Stubentigers einige Euro kosten, die ich bitter gebrauchen konnte. Ich war bereits an der Uferböschung der Queich angekommen, als ich auf dem nassen Untergrund ins Rutschen kam und ungebremst Richtung Fluss schlitterte. Kurz vor der kalten, dreckigen Brühe konnte ich mich an einem Ast festhalten. Nun saß ich am Hang kurz vor dem Queichufer, nass, durchfroren, kurzatmig und frustriert.

Seit dem letzten Jahr hatte sich vieles geändert. Als das Geld knapp wurde, musste ich mein kleines Büro in der Innenstadt aufgeben und in den Keller meiner Wohnung verlegen. Zuerst dachte ich, dass es nach dem großen gelösten Fall Aufträge zum Abwinken geben wird. Doch alles blieb beim Alten. Außer Katzen, Ehebrechern und anderen Kleinverbrechern gab es nichts, was auf Dauer die Kasse gefüllt hätte. Das beschauliche Landau war eben doch nicht so kriminell, wie ich hoffte. Als dann mein Vermieter kein Auge mehr zudrückte und ich das Büro aufgeben musste, blieb mir nur noch meine eigene Wohnung. Aber ich hatte mir geschworen, dass ich in meinen privaten Gemächern nie mehr an die Arbeit erinnert werden sollte. So zog ich es vor, mit dem Büro in den Keller zu ziehen. Schreibtisch, Sessel, einige Bücherregale und das Telefon waren mir verblieben. Klienten konnte ich im Keller aber nicht empfangen. Es ist nicht gerade geschäftsdienlich, potenzielle Kundschaft durch den Heizungskeller, an der ständig laufenden Waschmaschine und der frisch gewaschenen Unterwäsche meiner Nachbarin vorbei, zum ersten Gespräch zu lotsen. Angie, die mir über viele Jahre zur Hand ging, hatte im Frühjahr ihr Examen bestanden und absolvierte ihr Referendariat in der Nähe von Koblenz. Einen adäquaten Ersatz für sie zu finden, der auch bereit wäre ohne Bezahlung zu arbeiten, war unmöglich. Vor allem aber fehlte mir Vibke, die maßgeblich dazu beigetragen hatte, dass ich den großen Fall im letzten Jahr lösen konnte. Ich hatte drei herrliche Wochen mit ihr im sonnigen Süden verbracht und hätte mich wirklich an sie gewöhnen können. Doch schon wenige Wochen nach unserer Heimkehr zog es die ruhelose Journalistin wieder in die Ferne. Waffenschiebereien in Kenia waren bei weitem interessanter als Berichte über Kleintierzüchter in der Provinz. Schon seit mehreren Monaten recherchierte sie in Afrika und wir telefonierten nur noch recht selten. Ich steckte mir eine Zigarette an und versank in Selbstmitleid.

Die abgebrannte Zigarette an den Fingerspitzen riss mich schmerzvoll in die Gegenwart zurück. Ich musste den blöden Kater finden. Ich kämpfte mich die Uferböschung hinauf weiter durch das Gebüsch. Mitten im Dickicht sah ich etwas Helles liegen. Ich kroch auf allen Vieren zwischen den Zweigen hindurch und kniete plötzlich vor einem leblosen menschlichen Körper. Das Gesicht des Mannes war kaum zu erkennen, nur spärlich drang das Licht der Straßenlaternen durch die Hecken. Trotzdem erkannte ich eine Anomalie auf der Stirn des Unbekannten. Ich griff in meine Jackentasche, um mein Feuerzeug herauszuholen. Im flackernden Schimmer des Gases sah ich ein Loch zwischen den Augen, das dort normalerweise nicht hingehört. Augenscheinlich war ich auf einen Fall für die hiesige Polizei gestoßen. Trotz des trüben Lichtes konnte ich erkennen, dass der Mann nicht freiwillig an diesen Ort gekrochen war. Der Regen hatte die Schleifspuren nicht verwischt und einige abgebrochene Äste wiesen ebenfalls darauf hin, dass er hierher geschleift worden war. Mein detektivisches Gespür hatte mich noch nicht verlassen. Ich begann die Taschen des Toten zu durchsuchen. In der Innentasche seiner Jacke ertastete ich ein Blatt Papier, das ich ohne nachzudenken herauspulte und einsteckte. In seiner Gesäßtasche steckte sein Geldbeutel, in dem sich sein Personalausweis und einige Geldscheine ertasten ließen. Erkennen konnte man jedoch nichts, da es zu schummrig war. Hatte ich eben noch bedauert, dass Landau eine viel zu anständige Stadt war, um einen Privatdetektiven zu ernähren, so wurde ich sogleich vom Gegenteil überzeugt. Dumm war nur, dass ich nicht gleich mit Ermittlungen beginnen konnte, da eine Leiche keine Honorare zahlt. Vielleicht wäre es möglich, sich mit den Verwandten in Verbindung zu setzen, um ihnen anzubieten, den Mörder zu finden. Doch das schien mir ein wenig aufdringlich. Zum jetzigen Zeitpunkt konnte ich nicht handeln, aber es sollte einen Weg geben, an diesen Auftrag zu kommen. Ich versuchte den Toten zu identifizieren, doch dazu war es hier im Gebüsch zu dunkel. Schweren Herzens beschloss ich, zunächst zur Polizei zu gehen. Wer der Tote war, würde ich spätestens dort erfahren. Momentan konnte ich nichts weiter tun. Die Geldbörse zurücksteckend, entfernte ich mich vorsichtig von dem Toten und ging die wenigen Meter zur Landauer Polizei im Westring zu Fuß.

Ich gab einen traurigen Anblick ab, als ich vor dem Glasfenster im Polizeirevier stand. Völlig durchnässt und verdreckt klopfte ich an die Scheibe und meldete den grausigen Fund im Schillerpark: »Im Unterholz in der Nähe der Queich liegt ein Mann, der ein unübersehbares Loch zwischen den Augen hat. Ich gehe davon aus, dass er mausetot ist und unter Umständen einem Gewaltverbrechen zum Opfer fiel, da es nicht die Regel ist, sich zu erschießen und dann ins Gebüsch zu schleppen.«

»Nun mal langsam, Herr?« Der missmutig wirkende junge Beamte hinter der Scheibe schaute mich an, als ob ich aus Eschbach-Süd entlaufen wäre. Ich erklärte ihm in ruhigem Ton, dass ich nicht die Absicht habe ihn zu verschaukeln und mir im Moment ganz bestimmt etwas Besseres einfallen würde, als ihn mit Schauergeschichten zu langweilen. Jetzt hielt er mich für einen intellektuellen Irren, wenn er überhaupt wusste, was intellektuell ist. Ich bat ihn, da mir im Eingangsbereich des Präsidiums langsam kalt wurde, die Tür zu öffnen. Unverständlicherweise zögerte er immer noch.

»Wenn Sie nicht eine weitere – erfrorene – Leiche in Ihrem Flur liegen haben möchten, dann öffnen Sie bitte die Tür. Eigentlich habe ich nur vor, Ihnen zu erklären, was ich entdeckt habe, das Ganze zu Protokoll zu geben und dann nach Hause zu verschwinden, um mir trockene Klamotten anzuziehen.«

Jetzt schaute er selbst wie ein Patient der nahe liegenden neurologischen Klinik. Ich hatte den Eindruck, als wolle er mich nicht verstehen. Hatte ich ihn bei einem Computerspiel gestört oder ärgerte er sich, weil er im Kreuzworträtsel den afrikanischen Fluss mit drei Buchstaben nicht erriet? Ich musste deutlicher werden.

»Junger Mann, hören Sie, ich bin hier nicht zum Spaß.

Keine zweihundert Meter von hier liegt eine Leiche. Ich habe Sie gefunden und möchte es zu Protokoll geben. Ich habe gehört, dass ihre Institution dafür zuständig sei – oder liege ich da etwa falsch?«

Jetzt blickte er endgültig debil und machte eher den Eindruck eines Hilfssheriffs des örtlichen Ordnungsamtes als den eines gut ausgebildeten Polizeibeamten. Vielleicht habe ich ihn auch nur aus einem schönen Traum geweckt? Er machte jedoch nicht den Eindruck, als wolle er mir öffnen. Ich startete einen letzten Versuch.

»Wenn Sie mir nicht öffnen wollen, dann nehmen Sie bitte das Telefon, rufen Kommissar Becker an und sagen ihm, dass Philipp Sturm vor der Tür steht und einen Mord melden möchte.«

Als er den Namen Becker vernahm, horchte er auf. Scheinbar erwachte er aus seiner Lethargie.

»Sie kennen Kommissar Becker?«

»Ja, ich kenne Kommissar Becker!«

»Ich öffne Ihnen die Tür, damit Sie eintreten können. Bitte nehmen Sie auf dem Stuhl im Flur Platz, ich informiere den Kommissar.«

»Kommissar Becker« war offensichtlich das Sesam-öffne-dich. Die Schließanlage summte leise, als ich eintrat. Demonstrativ drehte ich mich in seine Richtung, öffnete meine Jacke und zeigte dem jungen Beamten, dass ich keine 44er Magnum und auch keinen Fundamentalislamisten-Märthyrer-Sprengstoffgürtel bei mir hatte. Er nahm es nicht zur Kenntnis, da er bereits telefonierte. Ich setzte mich und hatte das Gefühl, erfolgreich in Fort Knox eingedrungen zu sein.

»Kommissar Becker wird in Kürze hier sein. Er hat angeordnet, dass ich eine Streife in den Park schicken soll, die unterdessen ihre Angaben überprüft. Wo liegt der Tote?«

»Wenn Ihre Kollegen von der Westbahnstraße in An 44 einbiegen, sollen sie dort ihren Wagen abstellen und in Richtung des Osteingangs vom Stadion gehen. Wenn sie dann auf dem Weg entlang des Bürgergrabens Richtung Schillerparkgaststätte gehen, finden sie die Leiche etwa nach hundert Metern rechts vom Weg im Gebüsch.«

Ich hoffte, die Angaben waren genau genug und diejenigen, die die Leiche finden sollten, etwas fixer als ihr Kollege. Zweifel hatte ich nur, ob sie den Osteingang des Stadions kannten, da man schon ein gewisses Alter haben musste, um diesen Eingang zu kennen, der, seit der ehemals ruhmreiche ASV Landau in Bezirks- und Landesligaregionen herumkickte, nicht mehr geöffnet worden war. Die Altvorderen erzählen sich heute noch Geschichten von rund 5 000 Zuschauern im Südpfalzstadion, als in den 50er Jahren der FCK mit Fritz Walter dort auflief. Heute verlaufen sich höchstens noch fünfzig zahlende Zuschauer im langsam verfallenden Rund.

»Können Sie mir kurz erklären, wo der Osteingang des Stadions ist? Davon habe ich ja noch nie gehört.«

Siehe da, meine Zweifel waren berechtigt, er kannte den Eingang nicht. Mit wenigen Worten erklärte ich ihm die Lage des Eingangs, um ihm gleichzeitig zu erläutern, dass es auch nicht so wichtig sei, diesen Eingang zu kennen. Er war mit meinen Angaben zufrieden und gab sie seinen Kollegen durch. Ich lehnte mich in den Stuhl zurück und wartete auf Becker. Dem Kommissar, der mich bei meinem letzten und bislang einzigen großen Fall sehr ablehnend und eher geringschätzig behandelte, hatte ich einiges zu verdanken. Er hatte mir damals das Leben gerettet. Seit dieser Zeit verbindet uns eine gewisse Sympathie. Wenn wir uns zufällig in der Stadt treffen, trinken wir schon einmal einen Kaffee zusammen und erzählen uns den neusten Klatsch und Tratsch aus Landau. Im Moment war ich auf alle Fälle sehr froh, Becker zu kennen, sonst wäre ich mit ziemlicher Sicherheit erfroren. Es dauerte etwa eine halbe Stunde bis er auftauchte.

»Hallo Sturm, wunderschönen guten Abend. Wie ich gehört habe, haben Sie wieder einmal eine Leiche gefunden. Das wird wohl langsam zur Gewohnheit. Aber Sie haben dazugelernt und gleich die Richtigen verständigt.«

Ich blickte in Richtung des jungen Streifenpolizisten, der an der Pforte saß, und machte ein missmutiges Gesicht: »Bis ich Ihren Namen nannte, war ich mir da nicht so sicher. Ich hatte eher die Befürchtung, dass ich selbst eingelocht werde.«

Er verfolgte meinen Blick.

»Üben Sie etwas Nachsicht. Wie Sie wissen, haben wir massive Nachwuchsprobleme. Der Kollege hat gerade seine Ausbildung beendet und ist ab und an etwas unbeholfen.«

Ich ließ es gut sein und erklärte ihm die Sachlage. Er hörte aufmerksam zu und kam zu dem Schluss, gemeinsam mit mir zum Fundort zu gehen. Ich willigte ein und zehn Minuten später waren wir wieder im Park. Die Szenerie hatte sich geändert. Drei Streifenwagen waren im

Einsatz, das Gebüsch durch Scheinwerfer erleuchtet. Überall waren bereits Absperrungen mit Plastikband angebracht, die im starken Wind hin und her gerissen wurden. Wir gingen zum Toten.

»Das ist Ewald Huber, der Leiter des städtischen Bauamtes«, entfuhr es mir, als ich das Gesicht des Toten erkannte. »Hätte nicht geglaubt, dass eine verweigerte Baugenehmigung solche Folgen hat.«

»Seien Sie nicht komisch!«

»Stimmt, die Tat hat wahrscheinlich tief greifendere Gründe. Bestimmt war der Täter einer der neuen Bewohner des alten Schlachthofgeländes oder der ehemaligen Ile de France. Könnte auch sein, dass die nicht enden wollenden Straßenbauarbeiten in der Stadt einen Anwohner in den Wahnsinn getrieben haben. Oder es war ein frustrierter Stadtrat, der die aalglatten aber nichtssagenden Erläuterungen von Huber im Bauausschuss über die Festhallensanierung endgültig satt hatte. Es könnte ...«

»Halten Sie jetzt endlich den Mund. Ihr Zynismus geht mir allmählich auf die Nerven. Wir werden jetzt den Tatort untersuchen. Hoffentlich hat das Sauwetter noch einige Spuren zurückgelassen. Im Moment brauche ich Sie nicht mehr. Kommen Sie morgen zu mir ins Büro. Sie können jetzt nach Hause gehen und sich etwas Trockenes anziehen.«

Wie Becker bemerkte, hatte ich Huber nie ausstehen können. Er war einerseits die Verkörperung eines preußischen Beamten gegenüber seinen Mitarbeitern und etwaigen Bittstellern, die gerne einen Wintergarten bauen wollten, andererseits munkelte man in der Stadt, dass er gegenüber Immobilienmaklern und potenten Bauunternehmern eher eine orientalische Mentalität an den Tag legte. Aber was kümmerte mich überhaupt dieser Fall. Ich verabschiedete mich von Becker und lief Richtung Fort. Kurz vor der Eichbornstraße raschelte etwas im Unterholz. Ich strengte meine Augen an und entdeckte Kater Moritz, der gerade dabei war, einen Spatz zu verspeisen. Ich pirschte mich langsam und leise an den Vogelkiller heran. Zwei schnelle Schritte und meine Rechte erwischte ihn wie eine Schraubzwinge im Genick. Triumphierend blickte ich dem Ausreißerkönig in die Augen. Er fauchte wütend.

»Soll ich dich gleich in der Queich ertränken oder zu deinem senilen Frauchen zurückbringen, du Teufelsbraten!«

Er fauchte noch wütender und versuchte, mich mit seinen Krallen zu erwischen. Keine Chance. Ich hielt ihn fest in der Armbeuge.

»Wir können auch ein kleines Geschäft machen. Ich bringe dich zurück, kassiere die Belohnung und morgen machst du dich wieder vom Acker. Dein Frauchen ruft bei mir an, ich suche und finde dich und so weiter und so weiter. Du hast zwischenzeitlich deine Freiheit und ich werde zum hauptamtlichen Katzenfänger. Nicht mein Traumberuf, aber einträglich.«

Die Katze im Schwitzkasten und im ständigen Gespräch mit ihr ging ich Richtung Nordring, wo die alte Dame wohnte. Einige Passanten, die mir entgegenkamen, schauten mich etwas komisch an. Mein Auftrag war erledigt. Da es noch nicht elf Uhr war, hatte ich keine Skrupel den Kater sofort abzugeben. Die Alte würde mir dankbar sein, bezahlen und eine ruhige Nacht verbringen. So war es dann auch. Mit 250 Euro in der Tasche vergaß ich mein zerzaustes Äußeres und beschloss, noch einen Absacker zu nehmen. In meiner Stammkneipe würde keiner Anstoß an den nassen und dreckigen Klamotten nehmen.

Meine Stammkneipe ist keine dieser kurzlebigen, hochgestylten Inkneipen, die wie Pilze aus dem Boden schießen und zwei Jahre später wieder schließen, sondern eine seit Jahrzehnten bestehende Wirtschaft mit guten alten Holzbänken, einem riesigen Stammtisch und einem Wirt, der nicht abgeneigt ist, selbst für seinen Umsatz zu sorgen. Meine letzte gastronomische Heimstatt hatte ich verloren, weil mein geliebter Bembelwirt keine Lust mehr hatte, Leute wie mich nach zwei Uhr morgens mit Schorle oder Bier zu versorgen. Sein Nachfolger, ein recht ordentlicher Koch, stellte das Programm sowie seine Gäste auf exquisit um und ich verlor meinen angestammten Hort des Vergessens, Zechens und Debattierens. The times are changing.

Nach einem kurzen Fußmarsch erreichte ich die Kneipe mitten in der Stadt. Ich öffnete die Tür und musste erkennen, dass das Personal schon dabei war die Einnahmen des Tages zu zählen.

»N'abend. Bekomme ich noch ein schnelles Pils?«

»Oh je, Sturm draußen und drinnen. Muss das jetzt noch sein, es ist doch schon fast elf.«

»Wenn ich dir sage, dass ich gerade eine Leiche gefunden habe, mich mit Polizisten ordnungsamtsgleich herumärgern musste und eine Katze eingefangen habe, bekomme ich sogar ein Freibier – oder?«

»Mach keine dummen Sprüche und komm an den Tresen und trink in Gottes Namen dein Bier. Aber maximal noch zwei Gläser!«

»Du bist wahrhaft ein Schatz und meine Rettung in der dunklen, stürmischen Nacht. Mach mir gleich ein Großes.«

Ich nahm am Tresen Platz und zündete mir eine Zigarette an. Am Stammtisch waren bereits die Stühle hochgestellt. Dort saß ich gewöhnlich einmal die Woche in großer und die restlichen Tage in wechselnder kleiner Runde mit meinen engsten Vertrauten zusammen, um den Lauf der Welt zu bestimmen. Angefangen beim Papst und dem Kanzler bis hin zur Schluss-, Ende- und Ausanalyse des samstäglichen Fußballspiels von Kaiserslautern. Für letzteres waren meine Freunde wirklich kompetent, frönten wir doch alle einmal die Woche der hohen Kunst des Spiels mit dem Ball. Perfekt beherrschen wir das Spiel ohne Ball und sind sehr stolz darauf, zu gewinnen ohne unnötige Wege zu gehen. Im Fachjargon heißt dies: ausgeprägtes Stellungsspiel.

Mein Bier war fertig. Ich nahm einen kräftigen Schluck und bestellte das mir versprochene Zweite.

Mit nachdenklichem Blick auf den großen ovalen Tisch belebte sich unsere illustere Runde. Da war Harry Spitz, ein herausragender Ergotherapeut und unbändiger Sturmtank, der durch Handauflegen Schwellungen heilt und Torhüter mit dem Ball ins Tor schießt. Georg W. Jäger, ein ostdeutscher Gastarbeiter mit fundierten Computer- und Geschichtskenntnissen, der sowohl Torwart als auch Linksaußen spielen kann, was unweigerlich auf seine Psyche schließen lässt. Andy Bach, der wegen seiner roten Haare auch Agent Orange genannt wird und im normalen Leben als Bauingenieur tätig ist. Dann ist da noch unser junger italienischer Gigolo Amando, seines Zeichens Sohn meines Freundes Antonio, im Immobilienbereich tätig und fähig, die perfekte Blutgrätsche zu zelebrieren. Nicht zu vergessen Paul Theobald, verstoßener Saarländer, Psychologe, der zerrüttete Ehen rettet und sich auf dem Fußballplatz wie ein Handballer bewegt. Willi Topf, nomen est omen, genialer Koch und schwergewichtiger, ballverliebter Mittelfeldstratege mit Drang zum Tor. Seltener anwesend waren meine uralten Freunde Kalle Maurer, Musikagent mit weit reichenden Verbindungen und als Torwart unheimlich stark auf der Linie, sowie Tom Metz, ausgebildeter Winzer, tätiger Getränketechnologe und nicht mehr willens an einen Ball zu treten. Ab und an gesellt sich auch Hans-Georg, HG, Lustig zu uns, der als Chemiker nicht unerheblich zur Lösung des Falls im letzten Sommer beigetragen hatte.

Die Bedienung riss mich mit dem zweiten Bier aus meinen Gedanken und forderte mich auf, das erste auszutrinken. Ich tat wie befohlen und griff in meine Tasche, um meinen Geldbeutel herauszuholen. Plötzlich hatte ich den Zettel in der Hand, den ich Huber aus der Jacke gezogen hatte. Ich warf einen Blick darauf und verstand im ersten Augenblick nicht, was ich vor mir sah. Zahlenreihen, chemische Begriffe, Straßennamen, die ich nicht kannte, und das Wort »Grenzwerte«. Diese Sache hatte et-was mit Grundstücken zu tun und davon verstand ich nun einmal gar nichts. Ich musste es auch nicht, da ich mir sicher war, meine Kumpel Andy, HG, Tom oder Amando können mich spätestens am Dienstag, nach unserem Fußballspiel, darüber aufklären. Wofür hat man denn einen Tisch voller Experten in allen Lebenslagen. Ich steckte den Zettel wieder ein, trank mein zweites Bier aus und zahlte. Es war Zeit, den Rest der Nacht im Bett zu verbringen. Momentan leider alleine.

Ich kämpfte mich durch das ausgesprochene Sauwetter in Richtung meiner Wohnung. Bei diesem Wetter schickt man keinen Hund auf die Straße, dachte ich mir und musste mich auf der Stelle korrigieren. War da nicht noch einer unserer allseits geliebten Hilfsordnungskräfte auf der Pirsch. Unglaublich, kurz vor Mitternacht verschaffte er der Stadt noch einige Einnahmen. Es erwischte ein Auto, offensichtlich das eines saarländischen Studenten, der im eingeschränkten Halteverbot um diese Uhrzeit niemanden störte, niemanden den Parkplatz wegnahm und niemanden behinderte. Ich musste meinem Unmut Luft lassen.

»Guten Morgen! Haben Sie ein persönliches Problem mit dem Fahrer dieses Wagens?«

»Lassen Sie mich meine Arbeit machen, das geht Sie gar nichts an.«

»Seien Sie bloß nicht so freundlich, als Vertreter der Stadtverwaltung! Was Sie hier gerade tun ist doch pure Willkür. Der Wagen stört doch niemanden!«

»Er steht im Parkverbot.«

»Im eingeschränkten Halteverbot, wir wollen doch genau sein.«

»Das ist doch völlig egal.«

»Nein, ist es nicht, gerade um diese Uhrzeit. Aber hier sieht man wieder, wie ernsthaft ihr Aushilfsgesetzesvertreter euren Job ausübt. Nennen Sie mir bitte einmal Ihren Namen und ich werde morgen mit Ihrem Chef über den Vorfall sprechen.«

»Ach, lassen Sie mich in Ruhe. Ich mache jetzt sowieso Feierabend.«

Durch den strömenden Regen trollte er sich und verschonte den armen Studenten. Eine Sturmböe fegte mir ins Gesicht. Dennoch hatte ich meine gute Pfadfindertat für heute getan. Klatschnass erreichte ich meine Wohnung, trocknete mich ab und verschwand im Bett.

Montag, 10. Oktober

Als ich gegen neun Uhr wach wurde, schüttete und stürmte es immer noch ununterbrochen. Die ganze Nacht hatte der Sturm den Regen gegen mein Fenster gepeitscht. Das Wetter machte eindeutig depressiv. Ich hatte keine Lust auch nur einen Schritt aus meinem Bett zu gehen, geschweige denn, die Wohnung zu verlassen.

Nachdem ich mich widerwillig überwunden hatte, das warme Bett zu verlassen, machte ich mir einen Kaffee und verließ die Wohnung, um die Tageszeitung zu holen. Eine kurze Meldung auf Seite eins der Lokalausgabe der RHEINPFALZ: LEICHENFUND IM SCHILLERPARK! In einem kurzen Einzeiler wurde darauf hingewiesen, dass die Recherche erst nach Redaktionsschluss aufgenommen wurde und ein ausführlicher Bericht am kommenden Tag folgen würde. »*Nach ersten Verlautbarungen von Kommissar Becker von der hiesigen Kriminalinspektion handelt es sich offenbar um den städtischen Bauamtsleiter Ewald Huber.*« Zu diesem Zeitpunkt wusste ich mehr als die Kollegen von der Presse. Ich blätterte durch die Zeitung. *Sport, Aus aller Welt, Politik* und wieder zurück zum Lokalteil. Der Aufmacher war ein Bericht über die Neueröffnung einer Kindertagesstätte auf dem ehemaligen französischen Kasernengelände an der Weißenburger Straße. Dort entstand in den letzten Jahren ein schmuckes Neubaugebiet mit vielen Wohnhäusern und der Ansiedlung von sauberem Gewerbe. Durch den Zuzug von vielen jungen Familien war die Errichtung einer Kinderbetreuungseinrichtung notwendig geworden. Die neue Tagesstätte bietet alles, was die moderne Konsumgesellschaft benötigt. Eine Kinderkrippe für die Kleinsten ab einem Jahr, Ganztagsbetreuung und die Möglichkeit zur Eröffnung eines Kinderhortes, wenn die Kinder ins schulfähige Alter kommen. Stolz präsentierte der Schul-, Jugend-, Sozial-, Kultur-, Sport- und Ordnungsamtsdezernent, Bürgermeister Karl-Ludwig Guth, die neuste Errungenschaft der Stadt: »*In Anbetracht des enormen Siedlungsdrucks aus dem Großraum Karlsruhe und der dadurch bedingten Zunahme an betreuungsbedürftigen Kindern, eine unumgängliche Investition in die Zukunft.*« Das ganze Projekt kostete etwa zehn Millionen Euro, wovon fünfzig Prozent vom Land und weitere zwanzig Prozent vom zukünftigen Träger erbracht worden sind. »*Sozusagen ein Schnäppchen mit hohem Zukunftswert für die finanziell schwer gebeutelte Stadt*«, so der sozialdemokratische Kindergartendezernent. Wo er Recht hat, hat er Recht …

Als alter Landauer kannte ich Karl-Ludwig schon lange. Er hatte sich schon mehrmals bemüht, Oberbürgermeister der Stadt zu werden, kam aber nie am christdemokratischen OB Dr. Christian Lämmlein vorbei, der seit fünfundzwanzig Jahren die Geschicke der Stadt lenkt. Erst scheiterte er an den politischen Verhältnissen in Landau, die seit Jahrzehnten durch stockkonservatives Wahlverhalten geprägt sind, dann knapp bei der Direktwahl. Wegen Guths unbestritten hoher Kompetenz und freilich um die Sozis auf Dauer ruhig zu halten, setzte sich Lämmlein für das Bürgermeisteramt seines Kontrahenten ein. Der Coup gelang, Karl-Ludwig gibt einen hervorragenden Bürgermeister ab und die Opposition verfiel in einen Tiefschlaf.

Ich legte die Zeitung beiseite, da klingelte es an meiner Haustür. Etwas verwundert, wer mich um diese Uhrzeit sprechen wollte, öffnete ich die Tür. Gestriegelt und geschniegelt stand Bürgermeister Karl-Ludwig Guth leibhaftig im Türrahmen.

»Guten Morgen Philipp, komme ich ungelegen?«

Ich stand im Bademantel und mit Badelatschen vor ihm, war noch unrasiert und hatte mir noch nicht die Zähne geputzt.

»Ach was, ich wollte gerade das Haus verlassen, um als Statist an einem Werbespot für die gelungenste Morgentoilette teilzunehmen. Bringt 'ne Menge Kohle und bedarf keiner großen Vorbereitung.«

»Ich dachte, kurz vor zehn Uhr ist es nicht unangemessen, einen erfolgreichen Privatdetektiv aufzusuchen.«

»Seit ich beim Film bin, habe ich es nicht mehr nötig anderer Leute Sorgen zu meinen zu machen.«

»Spaß beiseite, wenn du willst, kann ich auch in zwei Stunden noch einmal vorbei kommen, dann mache ich Mittagspause.«

»Mittagspause – was ist das?«

»Menschen, die einer geregelten Arbeit – etwa von acht Uhr morgens bis gegen siebzehn Uhr – nachgehen, geruhen gegen zwölf Uhr etwas zu essen. Diese Zeit würde ich dir opfern, denn ich habe ein kleines Problem.«

»Seit wann arbeitest du halbtags? Komm rein, ich zieh mir schnell etwas an, dann habe ich Zeit für dich und dein Anliegen.«

Karl-Ludwig ist eine stolze Erscheinung. Perfekt gekleidet im feinen beigen Dreiteiler, bestes italienisches

Schuhwerk, klassische Krawatte und tadellos rasiert. Dem miesen Wetter angepasst trug er einen schicken Mantel, dessen er sich zügig entledigte. Insgesamt war er, rein äußerlich, bereit, sich in den Mühlen der Verwaltungstätigkeit aufzureiben. Ich bat ihn ins Wohnzimmer, da mein Kellerbüro noch geschlossen war. Er nahm Platz und griff sich pro forma die Zeitung, höchstwahrscheinlich hat er sie bereits früh morgens schon gelesen. Ich verschwand im Bad. Was führt Karl-Ludwig zu mir? Private Angelegenheiten klärte er gewöhnlich nicht während seiner Arbeitszeit.

Zehn Minuten später saß ich bei ihm am Tisch und wartete gespannt auf sein Anliegen.

»Deine Wohnung und auch du könnten mal wieder eine Frau vertragen.«

Er hatte scheinbar die Zeit genutzt, unter meine Teppiche zu schauen und zudem vermisste er scheinbar bunt eingerahmte Bilder von Pfälzer Schönheiten in meinem Herrgottswinkel.

»Damit bin ich durch. Wenn du sie putzen und kochen lässt, wollen sie auch irgendwann deinen Körper. Dann gehen die Probleme los. Nein, nein, das passiert mir so schnell nicht wieder. Bist du hier, um mit mir über mein brachliegendes Liebesleben zu sprechen? Oder willst du mir etwa eine Reinigungshilfe vermitteln aus deinem Ein-Euro-Potenzial? Für einen Euro darf bei mir nur jemand sauber machen, der bar bezahlt – oder habe ich das Prinzip falsch verstanden?«

»Hast du heute Morgen die Zeitung gelesen?«

»Ja!«

»Ist dir die kleine Notiz über den Mord im Schillerpark aufgefallen?«

»Ich habe die Leiche gefunden.«

»Was?!? Du? Du, Sturm?! Erzähl mir nichts!«

Ich schaute in einen Gesichtsausdruck zwischen Zweifel, Verachtung und Verwunderung. Karl-Ludwig nahm seine Brille von der Nase und putzte sie nervös.

»Warum soll ich dir Blödsinn erzählen?«

»Weil du den ganzen Morgen schon Schwachsinn verzapfst.«

»Dann habe ich gerade eben damit aufgehört.«

»Nicht wahr?«

»Doch wahr!«

»Na dann.« Er zögerte kurz, dann schaute er mich vertrauensvoll an. »Ich habe ein kleines Problem. Du hast doch bestimmt schon gehört, dass Huber nicht immer ganz saubere Geschäfte gemacht haben soll, im Bauamt und... so?«

»Vom Hörensagen und das ist zumeist gelogen.«

»Hast du auch von der neuen Kindertagesstätte gelesen?«

»Natürlich habe ich deine grandiosen Ausführungen gelesen. ›Jeder Euro, der in Kinder investiert wird, ist eine Investition in die Zukunft‹. Karl-Ludwig, der sozialste Demokrat in ganz Landau! Nur dreißig Prozent Kosten für die Stadt, quasi ein Sonderangebot. Aber was hat das alles mit Huber zu tun? Soviel ich weiß, sagt man ihm unlautere Geschäfte mit einem stadtbekannten Makler nach. Was soll er bei einem städtischen Gelände gedreht haben?«

»Ganz so einfach ist das nicht. Weißt du, wie die Verfahren bei Konversionsgeländen ablaufen?«

»Soviel ich weiß, wird das eigentliche Bundesgelände zuerst dem Land angeboten, wenn das kein Interesse hat der Stadt und dann erst privaten Investoren.«

»Das ist in etwa richtig. Da die Stadt bekanntermaßen kein Geld und das Land kein Interesse und kein Geld hat, kaufte bereits vor fünf Jahren besagter Makler Teile des Geländes auf. Es ist nicht so, dass die Stadt gar nichts erstanden hat, doch das, was sie kaufte, waren alles Bauplätze, die in relativ kurzer Zeit wieder veräußert wurden. Auch andere private Investoren haben mittlerweile ihr damals erworbenes Gelände wieder an den Mann gebracht. Die letzten freien Parzellen gehörten nun dem Makler. Durch den enormen Zuzug von jungen Familien mit Kindern kamen unsere Belegungspläne der umliegenden Kindergärten durcheinander. Sprich, wir hatten plötzlich mehr Bedarf als Kindergartenplätze. Diese Umstände erforderten den Neubau einer Tagesstätte. Dafür musste die Stadt Gelände kaufen, das Jahre zuvor deutlich billiger war. Dumm gelaufen.«

»Super Deal, und weiter?«

»Ich bin nun mal nicht der Baudezernent, habe nicht den direkten Einblick, kenne nur die offiziellen Papiere, doch so mancher Umstand der Aktion kommt mir etwas spanisch vor. Kurz, ich glaube, der Mord an Huber hat etwas mit dem Neubau zu tun.«

»Kannst du etwas konkreter werden?«

»Ich glaube, dass beim Ankauf nicht alles korrekt vonstatten ging. Die Summe war einfach zu hoch, die Absegnung des Preises lief über das Bauamt, sprich über Huber. Da der dringende Bedarf vorhanden war, hat niemand gezögert den Betrag abzusegnen, weder der OB, noch ich, noch der Bauausschuss. Mehr Infos habe ich nicht, weshalb ich zu dir gekommen bin.«

»Wobei soll ich Ihnen nun helfen, Herr Bürgermeister?«

»Überprüfe die Hintergründe des Kaufes und des Neubaus! Vielleicht stößt du dabei auch auf den Mörder von Huber. Wäre ja nicht der erste Mord, den du aufklärst.«

»War nicht so glorreich, die Geschichte mit dem Winzer. Ich habe nur einen kleinen Teil dazu beigetragen, aber das weiß ja niemand. Willst du mich beauftragen?«

»Nicht direkt.«

»Wie bekomme ich dann indirekt mein Geld?«

»Ich meinte, nicht offiziell.«

»Also bekomme ich mein Geld inoffiziell!«

»Nein, so meine ich das nicht. Ich engagiere dich privat.«

»Du engagierst mich privat in deiner Arbeitszeit?«

»Lass den Quatsch. Machst du's oder nicht?«

»250 Euro am Tag, plus Spesen.«

»250 Euro?!?«

»Das ist ein Stundenlohn von 10,42 Euro vor Steuer, ist doch nicht teuer.«

»Du arbeitest doch nicht vierundzwanzig Stunden!«

»Wenn ich ermittle, schon.«

»Halsabschneider.«

»BAT-Schickeria.«

»Okay, ich zahle deinen Preis, aber auf Erfolgsbasis.«

»Was heißt Erfolgsbasis? Wenn du dadurch OB wirst?«

Er ignorierte meine Bemerkung und willigte letztlich ein. So wie es aussah, hatte ich wieder einen richtigen Fall. Ciao, Kater Moritz. Karl-Ludwig verließ meine bescheidene Heimstatt. Kaum war die Tür ins Schloss gefallen, klingelte das Telefon. Ich schlenderte gemütlich zurück ins Wohnzimmer, wo das nervende Gerät stand.

»Sturm, private Ermittlungen. Katzen sind im Moment aus meinem Repertoire gestrichen!«

»Guten Tag, Herr Sturm, hier ist Oberbürgermeister Dr. Lämmlein, meine Katzen sind noch alle im Haus, doch ich habe durch unglückliche Umstände einen Amtsleiter verloren.«

Es fiel mir schwer, das Haus zu verlassen. So schön die Pfalz bei sonnigem Wetter ist, umso deprimierender sind Regen- und Sturmtage. Es herrschte jetzt schon zwei Tage lang ein ausgesprochenes Sauwetter und laut Wetterbericht war kein Ende abzusehen. Vor der Tür stand mein neues Kleinod. Nachdem mein wunderschöner Citroën DS, genau wie ich selbst, im Rahmen meiner Ermittlungen im letzten Sommer von kahlköpfigen Ewiggestrigen demoliert worden war, dauerte es einige Zeit, bis ich einen entsprechenden Ersatz gefunden hatte. Doch seit einigen Wochen war ich stolzer Besitzer eines Alfa Romeos. Nicht eines der schmucken neuen Modelle, sondern eine Giulia GTC Cabrio mit 106 PS. An ein offenes Verdeck war im Moment jedoch nicht zu denken, doch selbst wenn es geschlossen war, hatte man ein Oben-ohne-Gefühl. Ich setzte mich in meinen italienischen Flitzer und machte mich auf den Weg zum Polizeirevier.

Der Scheibenwischer der südländischen Produktion hatte schwer zu arbeiten. Dort, wo das Auto gebaut wurde, regnet es ja auch ein bisschen seltener. In der Stadt war wieder einmal die Hölle los, an manchen Tagen fühlte man sich wie in der Rushhour in Manhattan. Ich hatte einmal gelesen, dass Landau die zweithöchste Autodichte Deutschlands haben soll. Nach einer viertel Stunde im zäh fließenden Verkehr glaubte ich auch wieder daran, da ich normalerweise für die gleiche Strecke maximal fünf Minuten brauche. Andererseits konnte ich mir diese Statistik kaum vorstellen. Landau soll auch mal die höchste Anzahl von Nachtclubs in Relation zur Einwohnerzahl gehabt haben. Auch das stimmte schon lange nicht mehr.

Nach zwanzig Minuten hatte ich dann endlich das Revier erreicht. Frech kurvte ich auf den Personalparkplatz im Hof. Irgendwie gehörte ich meines Erachtens nach auch zu den ermittelnden Personen in der Stadt und das noch mit höchst demokratischer Legitimation. Als ich aus meinem Wagen ausgestiegen war, bekam ich schon die erste Ermahnung. Ein etwas älterer Beamter bewegte sich unter einem Regenschirm auf mich zu.

»Hören Sie, hier können Sie aber nicht parken!«

»Wieso nicht?«

»Weil ganz klar zu erkennen ist, dass es sich hier um einen Personalparkplatz handelt und das Personal ist gleichzeitig die Polizei dieser schönen Stadt.«

»Ich bin auch so etwas wie Polizei, nur ein wenig privater, sozusagen private Kriminalpolizei.«

»Wollen Sie mich veralbern? Steigen sie in Ihren Schrotthaufen und parken Sie irgendwo draußen.«

»Draußen? Das geht schon einmal gar nicht. Draußen schleichen ihre Hilfspolizisten herum und die haben nichts anderes zu tun als mich zu schröpfen.«

»Das sind nicht meine Hilfspolizisten, die gehören alleine der Stadt. Lösen Sie ein Parkticket und schon sind die angelernten Ordnungskräfte zufrieden.«

Angelernte Ordnungskräfte, das gefiel mir, und überhaupt war der Polizist nicht unsympathisch.

»Entschuldigen Sie bitte, aber ich habe einen dringenden Termin mit meinem Freund Kommissar Becker. Er hat mir erlaubt, hier zu parken, da wir gemeinsam einen schwierigen Fall zu lösen haben.«

»Sie kennen Becker?«

»Ja, ja, schon lange, er hat mir einmal das Leben gerettet.«

»Dann können Sie nur Sturm sein, weil Leben retten, das ist in unserer Gegend nicht an der Tagesordnung. Also gut, bleiben Sie stehen, dann bekommen Sie in den nächsten Stunden auch keine Probleme mit den zweitklassigen Hilfsarbeitern von der Stadt.«

Zweitklassige Hilfsarbeiter, ich war kurz davor dem Mann das Du anzubieten und mit ihm ein Bier trinken zu gehen. Für den Augenblick ließ ich es sein und bedankte mich. Zwischenzeitlich war ich ziemlich nass geworden und spurtete zum Eingang. An der Pforte saß ein neuer, junger Kollege.

»Ich habe eine Besprechung mit Kommissar Becker.«

»Wie ist Ihr Name?«

»Philipp Sturm.«

»Der Privatdetektiv?«

»In voller Größe!«

»Moment, ich melde Sie an, kommen Sie schon einmal herein.«

Die Schließanlage summte, deutlich schneller als in der vorherigen Nacht betrat ich das Polizeirevier. Keine zwei Minuten später stand auch schon Becker vor mir.

»Guten Morgen Sturm, schon ausgeschlafen?«

»Das werde ich heute schon das zweite Mal gefragt, aber dazu später. Haben Sie einen abhörsicheren Raum?«

»Hören Sie doch auf mit diesen Albernheiten oder haben Sie neuerdings eine Paranoia?«

»War nur so eine Frage, wo gehen wir hin?«

»Natürlich in mein Büro.«

»Ist das abhörsicher?«

»Halten Sie einfach den Mund und kommen Sie mit!«

Ich hatte den leisen Eindruck, mein guter Kommissar war nicht zu Scherzen aufgelegt. Wir gingen in sein Büro.

»Setzen Sie sich. Wollen Sie einen Kaffee?«

»Ja, natürlich!«

»Schlummberger! Bringen Sie uns zwei Kaffee, schwarz und ohne Zucker!«

Sein Rufen hallte durch die langen Gänge. Kurz darauf stand sein Assistent in der Tür und hatte zwei Tassen Kaffee in den Händen.

»Schwarz und ohne Zucker, ist das richtig?«

Becker und ich nickten synchron.

»Sie können wieder an Ihre Arbeit gehen, wenn ich etwas brauche, rufe ich.«

Schlummberger trollte sich. Becker widmete sich nun mir.

»Erzählen Sie mir noch einmal die ganze Geschichte, wie Sie den Toten gefunden haben, von Anfang an. Jedes Detail ist wichtig, denn wir gehen davon aus, dass Sie in der Nähe waren, als Huber erschossen wurde.«

Ich erklärte Becker, dass ich gegen neun Uhr bei meiner Großwildjagd im Schillerpark gelandet bin. Dort hielt ich mich etwa eine Stunde auf, bis ich kurz vor zehn Uhr die Leiche fand. Ich schilderte ihm das Wetter, besser als es Ben Wettervogel und Jörg Kachelmann zusammen hätten tun können, und versicherte ihm, dass bei einem derartigen Rauschen, Prasseln und Stürmen auch der spitzohrigste Fuchs nichts gehört hätte, geschweige denn gesehen. Becker gab sich damit nicht zufrieden.

»Ist Ihnen rein gar nichts aufgefallen? Haben Sie wirklich niemanden gesehen? Haben Sie in der Nähe der Leiche etwas bemerkt oder gar die Leiche angefasst?«

Ich wägte kurz ab, ob ich ihm vom Zettel aus Hubers Jackentasche erzählen sollte, entschloss mich aber, erst einmal nichts zu sagen. Man weiß nicht, wozu diese Entscheidung noch gut sein könnte. Jetzt war die Zeit gekommen, selbst in die Offensive zu gehen.

»Becker, wissen Sie etwas über die Hintergründe, die zu dieser Tat haben führen können? Sie haben heute morgen doch bestimmt Himmel und Hölle in Bewegung gesetzt, um die Lebensumstände von Huber zu erfahren?«

»Führe ich die Vernehmung oder Sie?«

»Becker, ich bin der Meinung, wir sollten bei dieser Angelegenheit Hand in Hand arbeiten. Ich habe ganz andere Möglichkeiten als Sie, an Informationen zu kommen. Ich muss mich nicht an irgendwelche Vorschriften halten und kenne in Landau Informationsquellen, von denen Sie nur träumen. Wenn Sie vertraulich mit mir kooperieren, dann erzähle ich Ihnen auch, was ich weiß.«

»Sie wollen mir doch nicht erzählen, dass Sie in der Sache einen Auftrag erhalten haben?«

Ich zog die Schultern nach oben und zeigte ihm meine ausgebreiteten Hände.

»Sturm, wenn Sie etwas wissen, dann müssen Sie es mir sagen!«

»Die Sachlage ist so delikat, dass ich eigentlich nicht darüber reden sollte. Arbeiten wir zusammen?«

»Das kommt nicht in Frage, ich habe keine Lust, noch einmal ihren Arsch zu retten, wenn Sie in der Region herumdilettieren.«

»Ich verspreche Ihnen, dass ich dieses Mal nur in der Stadt bleibe und seien Sie nicht ungerecht, einen Teilerfolg hatte ich schon bei der Leiche in Spätburgunder.«

»Es war aber nur ein kleiner Teil.«

»Habe ich mich in die Fänge der Mafia begeben oder Sie, habe ich die Schiebereien aufgedeckt oder Sie, wurde ich mit einer Waffe bedroht und bekam im Angesicht des Todes ein Geständnis oder Sie?«

»Ach was, die Schiebereien hat ihre hübsche Bekannte, diese schwarzhaarige Journalistin, an die Öffentlichkeit gebracht.«

»An die Öffentlichkeit gebracht, schon. Wie ist es nun, Kooperation oder Konfrontation?«

»Was wissen Sie?«

»Können Sie schweigen? Und... arbeiten wir zusammen?«

»Was soll ihre unbegründete Beharrlichkeit, glauben Sie, ich schaffe es nicht alleine?«

»Zusammen oder gegeneinander?«

»Habe ich keine andere Möglichkeit?«

»Nee!«

»Okay, ich schweige wie ein Grab.«

»Wie die Asche in einer Urne wäre mir lieber.«

»Ja, ja, ja, ist in Ordnung, wenn es der Wahrheitsfindung dient.«

»Mit Sicherheit!«

»Also, was verheimlichen Sie mir?«

»Also, mein lieber Kommissar, seit heute Morgen sind wir Kollegen. Ich habe nämlich einen sozusagen großkoalitionären Auftrag.«

»Einen was?«

»Ich bin quasi von allen politischen Seiten voll abgesichert.«

Ich erzählte Becker vom Besuch Karl-Ludwigs am Morgen. Er hörte gespannt zu.

»Jetzt kommt aber das Beste: Als Bürgermeister Guth meine Wohnung verlassen hatte, klingelte das Telefon. Zuerst dachte ich, ich sollte wieder eine Katze ausfindig machen, doch zu meiner großen Überraschung war der Oberbürgermeister persönlich am Telefon. Er erzählte mir, dass gerade meine Nähe zum politischen Gegner und meine Bekanntschaft mit dem Bürgermeister ihn veranlasst habe, mir eine Auftrag ertreilen zu wollen. Einen größeren Beweis seiner Rechtschaffenheit könne es doch überhaupt nicht geben. Bevor er Fakten nannte, machte er mir unmissverständlich klar, dass er mich mit der Aufklärung der Hintergründe des Todesfalls in seiner Verwaltung beauftragen wolle.«

»Sie wollen ernsthaft behaupten, dass der gesamte Stadtvorstand Sie mit der Aufklärung von Hubers Ableben beauftragt hat?«

»Lieber Becker, nicht der gesamte, denn der in der Bevölkerung belächelte und überflüssige Beigeordnete Detlef Zirkel hat sich bislang nicht bei mir gemeldet. Das ist aber verständlich, da er die meiste Zeit damit beschäftigt ist Weinprinzessinnen zu küssen, Veranstaltungen zu besuchen, auf denen er nichts zu suchen hat, und seine Wirtschaftskompetenz zu rühmen, die noch niemand bemerkt hat.«

»Ich meinte doch auch die maßgeblichen Herren im Stadtvorstand.«

»Wenn Sie die meinen, dann ist es so.«

»Was hat Ihnen der OB erzählt?«

»Im Grunde das gleiche wie der Bürgermeister, nur aus Sicht des Baudezernenten. Auch er ist der Ansicht, dass beim Ankauf des Geländes nicht alles mit rechten Dingen zugegangen sei. Er, als OB und zuständiger Dezernent, muss sich auf die Aussagen seiner Amtsleiter verlassen. Er versuchte mir einleuchtend zu erklären, welche Belastungen er in seinem verantwortungsvollen Amt habe, dass er sich auf die Loyalität seiner Mitarbeiter verlassen müsse. Dennoch seien ihm nach dem Mord an Huber einige Bedenken gekommen. Wenn der Ankauf des Geländes nicht lupenrein gewesen sein sollte, dann würde natürlich alles auf ihn zurückfallen, da er die oberste Verantwortung trägt. In Anbetracht der Notwendigkeit eines

Kindergartenbaus hat er alle Verträge mit dem Makler unterschrieben, in vollem Vertrauen zu Huber. In einem Nebensatz hat er noch angedeutet, dass er sich ziemlich darüber ärgere, dass das Jugendamt nicht schon vor fünf Jahren die korrekten Zahlen von Kindern voraussehen konnte, die in dem Neubaugebiet leben werden. Er sprach von ungründlicher Arbeit und schlechter Voraussicht. Ich denke, das ist auch ein Grund, warum er wissen will, was mit Huber und in seinem Bauamt passierte. Wenn das Jugendamt und natürlich der zuständige Dezernent ebenfalls etwas von der Kritik abbekommen, dann steht er nicht alleine in der Verantwortung. Doch das ist meine persönliche Meinung.«

»Das ist interessant, zumindest haben wir einen Anhaltspunkt, wo wir die Ermittlungen ansetzen müssen. Okay, Sturm, ich mache eine Ausnahme. Ich sehe, dass Sie mir in der Angelegenheit tatsächlich weiterhelfen können. Von ihren Aufträgen wird kein Mensch erfahren. Ermitteln Sie auf ihre Art und Weise. Eines ist aber klar, wenn Sie in Schwierigkeiten kommen, habe ich auch von nichts gewusst.«

»Bingo!«

»Eine private Frage habe ich noch. Kassieren Sie Ihr Honorar von beiden?«

»Es sind doch zwei verschiedene Aufträge.«

»Alles klar, ich verstehe. Was haben Sie nun als erstes vor?«

»Erst einmal will ich wissen, was Sie in Erfahrung gebracht haben, dann werde ich dem Bauamt einen Besuch abstatten, die Kindertagesstätte unter die Lupe nehmen und einige Spezialisten in Fachfragen interviewen, die mir nahe stehen.«

»Ist Ihre Journalistenfreundin wieder im Land?«

»Nein, leider nicht, ich könnte sie jetzt gut gebrauchen.«

»Wie meinen Sie das?«

»Inhaltlich und auch so, wie Sie gerade mutmaßen.«

»Ich stellte nur fest, dass der Schwerenöter Sturm seit Monaten ohne weibliche Begleitung gesehen wird.«

Mein Ruf war scheinbar schlechter als ich dachte. Keine Frau in meiner Umgebung machte mich verdächtig. Erst Karl-Ludwig, nun fängt auch noch der eher zurückhaltende Kommissar Becker mit diesem Thema an. Es ist ja richtig, dass ich mich, seit Vibke in Afrika weilt, weitgehend von der Damenwelt fern gehalten habe, doch dies ist eine fundamentale Willensentscheidung – rede ich mir zumindest ein. Es hat natürlich auch ganz banale Gründe. Die einzigen Herzdamen in meinem derzeitigen Leben, neben Vibke, haben sich einfach davongeschlichen. Sarah, die geniale Jazzsängerin, ist seit Monaten auf Tournee in den Staaten und Kanada und Katja, meine heißgeliebte Apothekerin, hat es vorgezogen umzuziehen, einen Zahnarzt zu heiraten und schwanger zu werden. Was soll ich denn tun, wenn die einzig Auserwählten Reißaus nehmen? Es ist eben nicht so einfach, meinen strengen Kriterien gerecht zu werden. Zudem mir durch die Abwesenheit der drei Frauen auch wichtige, berufliche Hintergrundinformationen verloren gegangen sind. Doch dieses Detail vergessen die Spötter. Ich konzentrierte mich wieder auf Becker.

»Lassen wir diese Geschichten. Bevor ich zu meinen Ermittlungen übergehe, muss ich wissen, was Sie in Erfahrung gebracht haben.«

»Es ist eigentlich nicht sehr viel. Sie haben mir selbst erzählt, dass Huber in dubiose Geschäfte mit unserem stadtbekannten Immobilienhai Schacher verwickelt sein soll. Seit Jahren bekommt Schacher auffällig häufig den Zuschlag, wenn städtische Liegenschaften veräußert werden. Es ist aber keine Ungereimtheit nachzuweisen, da er jedes Mal das beste Angebot abgegeben hatte. Es wird jedoch gemutmaßt, dass er im Vorfeld bereits die Angebote seiner Mitbewerber gekannt hat. Der Bauausschuss, respektive der Stadtrat mussten Schacher den Zuschlag geben, da es vorgeschrieben ist, dass bei vergleichbarer Leistung das günstigste Angebot den Auftrag bekommt. Ich habe heute Morgen einige Telefonate geführt, doch ich konnte diesbezüglich keine weiteren Informationen bekommen. Das ist auch nicht erstaunlich, denn, wenn es so einfach wäre, die Hintergründe zu erfahren, dann wäre ja bereits vor Jahren alles aufgeflogen. Andererseits hat bis heute auch niemand genau nachgefragt.«

»Sie haben mir nicht sehr weitergeholfen mit Ihren Infos.«

»Als Polizeibeamter bekomme ich bestimmt nicht alle Einzelheiten erzählt, wenn ich nur einen vagen Verdacht habe und niemandem offiziell auf den Zahn fühlen darf.«

»Sie führen mich ganz schön an der Nase herum. Ich erzähle Ihnen alles über meinen Auftrag und meine Auftraggeber und Sie sagen mir Dinge, die die ganze Stadt bereits kennt. Haben Sie wirklich nicht mehr für mich?«

»Tut mir wirklich leid, aber ich bleibe am Ball. Wichtig ist jetzt, dass Sie dort ansetzen, wo mir zurzeit noch die Hände gebunden sind. Ich kann keinen direkten Zusammenhang mit dem Mord und den angeblichen Schiebereien herstellen. Wegen Gerüchten kann ich Schacher nicht belangen. Ich mache Ihnen den Vorschlag, dass Sie sich an diese Sache hängen. Ich werde gleichzeitig das private Umfeld von Huber unter die Lupe nehmen. Vielleicht ist das ganze auch eine Beziehungstat.«

»Wissen Sie, Becker, eine Erkenntnis habe ich in den Jahren meiner Tätigkeit gewonnen. Wenn ein Verbrechen passiert, egal ob Raub, Ehebruch oder andere Betrügereien, wahrscheinlich gilt das auch für Mord, dann musst du der Spur des Geldes folgen. In neun von zehn Fällen ist Geld der Grund. Ich gehe auf Ihren Vorschlag ein, doch ich möchte, dass Sie mich auf dem Laufenden halten.«

»Das gilt aber auch umgekehrt.«

»Ehrensache!«

Es war bereits kurz vor zwölf Uhr, als ich das Revier verließ. Es regnete immer noch in Strömen und der Wind blies unerbittlich. Ein kurzer Spurt und ich saß in meinem Alfa. In der Stadtverwaltung konnte ich jetzt niemanden mehr antreffen, da dort bereits alle Stühle zur Mittagspause hochgestellt waren, also beschloss ich, bei meinem Lieblingsitaliener einen Happen zu mir zu nehmen. Dort konnte ich auch vor der Tür parken und der völligen Durchnässung entkommen.

Als ich in Giorgios Restaurant saß und die Tageskarte studierte, dachte ich recht schnell nicht mehr an einen

Happen. In der Vorfreunde auf doppelt verdientes Geld gönnte ich mir ein Drei-Gänge-Menü. Ich verzichtete ausnahmsweise auf meine obligatorische Vorspeisenplatte und begann mit einem Risotto con Porcini, als zweiten Gang nahm ich Faraona al Melograno und als Nachspeise Pesche ripiene al forno. Eigentlich verdiente jeder Gang einen eigenen Wein, doch ich wollte dem Bauamt noch einen Besuch abstatten, ich konnte nach dem Essen kein Nickerchen machen. Dem Wetter angemessen, bestellte ich einen kräftigen Rotwein, einen 90er Ciro Riserva Duca San Felice aus Kalabrien.

Das Risotto mit Steinpilzen von Giorgio ist einfach unübertroffen, man merkt die Sorgfalt, mit der er sich diesem nicht einfachen Gericht widmet. Das Perlhuhn mit Granatapfelsauce, das ich zum ersten Mal auf seiner Karte entdeckte, ist eine Wucht. Die Granatapfelsauce machte mit ihrem leicht säuerlichen Aroma das Perlhuhn zu einem besonderen Geschmackserlebnis. Krönender Abschluss waren die gebackenen, gefüllten Pfirsiche, eine Piemonteser Spezialität, die Giorgio mit großer Leidenschaft zubereitete. Heute nahm er sich besonders viel Zeit für mich, da ich, wegen des miesen Wetters, der einzige Gast war. Beim abschließenden Grappa, einem hervorragenden, unparfümierten sardischen filu'e ferru, was übersetzt Stacheldraht heißt, aber nichts mit seinem Geschmack zu tun hat, tauschten wir einige Kochweisheiten aus. Der Tag hatte sich schon gelohnt, nun musste ich noch einige Informationen einholen, denn ich hatte mich doch über zwei Stunden bei Giorgio aufgehalten. Ich zahlte und verließ das Schlaraffenland mitten in Landau. Trotz des anhaltenden Regens beschloss ich die wenigen Meter zum Rathaus zu Fuß zurückzulegen, denn der Kundenparkplatz meines Italieners war gebührenfrei.

Ich kannte zwar einige Leute in der Stadtverwaltung, doch im Bauamt hatte ich noch nie zu tun. Das Problem war, dass ich weder als Mitarbeiter der Bauaufsicht noch als Kriminalbeamter dort auftauchen durfte. Möglicherweise würde mich doch jemand erkennen, eine Tarnung wäre dahin. Ich musste also als privater Ermittler auftreten und mir schleunigst überlegen, wie ich am unauffälligsten zu Informationen kommen konnte. Am besten sollte ich sofort in die Offensive gehen. Ich begab mich in den Trakt des Bauamtes und schaute auf die Namensschilder an den Türen. Das Büro von Huber ignorierte ich, denn dort gab es im Moment keine mündlichen Informationen. Zwei Türen weiter las ich: Alois Schwarz, stellvertretender Amtsleiter, Anmeldung in Zimmer 12. Das war genau mein Mann. Ohne auf den Hinweis auf das Vorzimmer zu achten, klopfte ich an und stand schon im Büro.

Am Schreibtisch saß ein kleiner, untersetzter Mann, hemdsärmelig in einem braunen Baumwollhemd. Sein kleiner, rotbäckiger Kopf fuhr erschrocken auf. Entgegen der allgemeinen Meinung studierte er unverkennbar Baupläne und las nicht die Blödzeitung. Er holte kurz Luft und fuhr mich lautstark an.

»Habe ich ›Herein!‹ gesagt? Wenn Sie tatsächlich etwas von mir wollen, dann melden Sie sich, wie es sich gehört, im Vorzimmer. Jetzt trollen Sie sich und machen die Tür wieder von außen zu!«

Ich ging langsam auf den Schreibtisch zu, nahm mir einen Stuhl, der im Raum stand, stellte ihn vor den Schreibtisch und setzte mich.

»Haben Sie nicht verstanden, was ich gesagt habe? Verlassen Sie auf der Stelle mein Büro!«

Sekundenlang starrte ich ihm in die Augen. Sein Kopf wurde noch roter. Er wollte gerade wieder mit seinem Geschrei anfangen, als ich einen Finger auf meine Lippen legte, um ihm zu signalisieren, dass er still sein sollte. Er stockte.

»Einen wunderschönen guten Tag, Herr Schwarz, es freut mich, dass ich Sie in so guter Laune erwische. Ich hatte schon befürchtet, Sie würden mich auf der Stelle hinauswerfen. Ich danke Ihnen vielmals, dass Sie sich etwas Zeit für mich nehmen.«

In dem Moment, als er sich wieder gefasst hatte, klingelte das Telefon. Er blitzte mich böse an und hob den Hörer ab. »Bauamt der Stadt Landau, Sie sprechen mit Alois Schwarz.«

Den Spruch hat er aber schön gelernt, dachte ich mir.

»Guten Tag, Herr Oberbürgermeister. Ja, ich habe soweit alles im Griff, wir haben uns immer ausgetauscht. Nein, es wird zu keinen Verzögerungen kommen. Ja, ich habe alles im Griff. Ja ..., nein, Sie brauchen sich überhaupt keine Gedanken zu machen. Wie bitte? Nein, ich habe keine Probleme, außer ..., ich habe gerade einen verirrten Besucher vor mir sitzen, der sich weigert, mein Büro zu verlassen. Wie er heißt? Das weiß ich nicht, er hat es mir nicht gesagt.«

Ich grinste ihn an und raunte: »Philipp Sturm.«

»Gerade sagt er mir, dass er Sturm heißt. Ach, ein überraschender Zufall. Ich soll mir anhören, was er zu sagen hat? Ja, Herr Oberbürgermeister, ich höre mir an, was er zu sagen hat. Natürlich bin ich freundlich zu ihm, ich bin immer freundlich zu unseren Bürgern. So ..., Sie kennen sich. Ich werde mir Zeit nehmen. Jawohl, Herr Bürgermeister, Ihnen auch noch einen schönen Tag. Auf Wiederhören.«

Schwarz schaute mich ungläubig an. Er konnte nicht verstehen, dass Leute wiw ich den OB kannten.

»Also Herr Sturm, wie kann ich Ihnen helfen? Geht es um einen Bauantrag?«

»Nein, so einfach ist es nicht. Kennen Sie mich nicht?«

»Sturm, den Namen habe ich schon mal gehört. Sind Sie etwa der Privatdetektiv, der im letzten Sommer den Mord an diesem reichen Winzer aufgeklärt hat? Ich habe davon in der Zeitung gelesen.«

»Genau der bin ich und genau in dieser Funktion bin ich heute hier.«

»Wegen Huber?«

»Wegen Huber!«

»Was wollen Sie von mir in dieser Sache wissen? Ich habe heute Morgen schon mit einem Kommissar telefoniert, dem habe ich bereits alles gesagt, was ich weiß.«

Ich entschloss mich, ihn ein bisschen in die Defensive zu bringen und ein wenig zu flunkern.

»Hören Sie mir zu, ich bin von einer Person beauftragt worden, die Huber sehr nahe stand, etwas Licht in die Hintergründe seines Todes zu bringen. Diese Person hat mir auch von einigen Machenschaften ihres ehemaligen

Chefs erzählt, die ihm einige Euro zusätzlich in die Taschen gebracht haben sollen. Wenn ich richtig zugehört habe, ist auch Ihr Name dabei gefallen. Mein Auftraggeber hat kein Interesse daran, dass diese kleinen Schiebereien und die damit einhergehende Bevorzugung eines einzelnen Bauträgers und Immobilienmaklers an die große Glocke gehängt werden. Deshalb kam er auch zu mir und ist mit seinen Informationen nicht gleich zur Polizei gerannt. Er ist der Ansicht, ich solle es erst einmal gütlich versuchen und er ist sich sicher, Sie seien sehr kooperativ.«

»Wollen Sie mich erpressen?' Ich habe keine Ahnung, wovon Sie eigentlich reden.«

»Übrigens, den Kommissar, mit dem Sie heute morgen gesprochen haben, kenne ich persönlich sehr gut. Er hat mir schon einmal das Leben gerettet. Ich bin ihm also noch etwas schuldig.«

»Was wollen Sie wissen?«

»Welche Angelegenheit Huber in letzter Zeit sehr wichtig war.«

»Wenn ich Ihnen etwas sage, lassen Sie mich dann aus dem Spiel?«

»Kommt darauf an, was Sie mir sagen.«

Auf Schwarz' Stirn bildeten sich kleine Wassertropfen, die über seine Schläfen Richtung Hals rannen. Seine Hände zitterten sichtlich. Er spielte nervös mit einem Kugelschreiber, der auf dem Schreibtisch lag. Scheinbar hatte der Bluff gewirkt und glücklicherweise fragte er mich nicht nach weiteren Hintergründen meiner Anschuldigungen. Ich hatte ihn erwischt.

»Das größte Projekt, das Huber in den letzten Monaten betreute, waren die Planungen im Konversionsgebiet an der Weißenburger Straße. Wir mussten unter anderem den Bauplatz, auf dem der neue Kindergarten entstanden ist, von einem privaten Investor zurückkaufen. Die Kosten hierfür waren ungleich höher, als wenn wir das Gelände gleich von der Bundesvermögensverwaltung gekauft hätten. Aber nach Hubers Beurteilungen war es nicht notwendig, das Gelände zu kaufen. Er argumentierte, dass die Kinder ohne Probleme in die umliegenden Kindergärten gehen könnten. Von einem überraschend starken Zuzug von Neubürgern ging Huber nicht aus.«

»Da ist doch etwas faul! Dass der Siedlungsdruck aus dem Badischen besteht, ist doch offensichtlich. Alleine die Preise von Bauplätzen in Jockgrim, Kandel oder Wörth beweisen das. Huber wusste doch, dass irgendwann ein Kindergarten benötigt wird.«

»So kann man das nicht sagen. Er hätte es ahnen können. Er wollte eben nicht unnötig die Stadtkasse belasten.«

»Ich glaube eher, dass er seine Kasse stabilisieren wollte.«

»Dazu kann ich Ihnen nichts sagen.«

»Sie haben doch gerade eben erfahren, dass ich den OB recht gut kenne.«

»Ist schon gut. Ich habe wirklich nur am Rande mitbekommen, dass der von ihnen erwähnte Makler sich einige Male mit Huber getroffen hat, dass er erwähnt hat, dass mit keinen großen Zuzügen zu rechnen sei und er das Gelände zu einem guten Preis bekommen könne, da der Bund froh wäre, wenn alles verkauft ist. Er ließ auch anklingen, dass die Stadt jederzeit an ihn herantreten könne, wenn tatsächlich öffentliche Bauvorhaben notwendig werden sollten. Ich habe aber mit all dem nichts zu tun!«

»Ach, tatsächlich? Belassen wir es einmal dabei. Falls ich noch Fragen haben sollte, stehen Sie mir doch zur Verfügung?«

»Lassen Sie mich einfach in Ruhe, wenn es irgendwie geht.«

»Die Polizei ist bestimmt hartnäckiger als ich und ich weiß nicht, wie ihr oberster Chef auf solche Dinge reagiert.«

Sein Baumwollhemd war mittlerweile gänzlich durchnässt, der Kugelschreiber lag in seinen Einzelteilen auf dem Schreibtisch und Schwarz rutschte auf seinem Bürosessel hin und her.

»Für den Anfang war das ganz gut. Falls ich noch tiefergehende Fachfragen habe, werde ich mich an Sie erinnern. Auf Wiedersehen!«

Genauso schnell, wie ich in das Büro eingedrungen war, hatte ich es auch wieder verlassen. Der Geruch von Angstschweiß war auch unerträglich geworden. Schwarz würde in den nächsten Tagen bestimmt nicht gut schlafen.

Auf dem Flur rempelte mich eine hübsche Mitarbeiterin des Bürgerbüros an, die ich vom Sehen kannte, und die hektisch durch den Gang flitzte.

»Langsam, langsam, schöne Frau. So eilig sind Ihre Geschäfte doch bestimmt nicht?«

»N'tschuldigung, Sie kamen so plötzlich aus der Tür. Ich konnte nicht mehr ausweichen.«

»Ihre schönen Augen haben mich bestimmt magisch angezogen. Es ist nicht Ihre Schuld.«

Sie errötete leicht, was sie für mich noch niedlicher machte.

»Ich muss jetzt weiter. Danke für die netten Worte.«

»Nicht der Rede wert. Jederzeit wieder.«

»Wer weiß?«

Sie huschte davon. Solange ich sie noch sehen konnte, blickte ich ihr nach. Becker und Karl-Ludwig hatten vielleicht doch Recht. Ich sollte doch bald meinen asketischen Lebenswandel beenden.

Da es noch früh am Tag war, empfand ich es für angebracht, mir einmal das Corpus delicti anzuschauen. Ich trabte zurück zu meinem Auto und fuhr durch die völlig überfüllten Straßen Richtung Ile de France.

Es ist erstaunlich, wie sich dieses neue Viertel in kurzer Zeit entwickelt hatte. Neben neu errichteten Ein- bis Zweifamilienhäusern standen renovierte ehemalige Kasernengebäude, deren Bausubstanz noch aus dem späten 18. Jahrhundert stammte, als hier königlich-bayerische Truppen stationiert waren. Die Gebäude überstanden die erste französische Besatzung, dann wieder eine deutsche und schließlich wieder die Franzosen. Heute spricht man in vielen Häusern russisch. Mit viel Ehrgeiz und Eigenleistung haben sich einige Spätaussiedler eine neue Heimstatt geschaffen. Infrastruktur ist mittlerweile auch vorhanden. Ein Supermarkt, eine Grundschule und dann die besagte Kindertagesstätte etwas am Rand der neuen

Siedlung, wo einst die schweren Geräte und Panzer der französischen Armee in Wellblechbaracken standen. Ich erinnerte mich an das Gelände, das ich als Kind bei einigen Tagen der offenen Tür kennen lernen durfte. Begeistert betrachtete man die ausgestellten Geräte und Fahrzeuge, aß Merguez und träumte vom großen Abenteuer Fremdenlegion, nachdem man die Ausbildungsvideos betrachtet hatte. Viele meiner kindlichen Erinnerungen ist heute jedoch nicht mehr zu erkennen.

Ich parkte den Alfa vor einem Rohbau, der direkt an die Tagesstätte grenzte. Ich betrachtete den postmodernen Bau, der von einem großen Gelände umgeben war, das die Kinder zum Spielen nutzen konnten. Alles war selbstverständlich naturnah. Einige Elemente waren schon fast fertiggestellt, andere wurden gerade in Angriff genommen: Ein Wasser- und Matschbereich, der durch das Wetter deutlich ausgedehnt war, Weidenhütten, an denen das Regenwasser herunterlief, ein Spielhügel mit integrierter Rutsche, die derzeit wie ein Wildwasserkanal aussah. Bevor ich selbst völlig durchnässt war, betrat ich das Gebäude. Kaum war ich drinnen, kam auch schon eine temperamentvolle, schwarzhaarige Frau auf mich zu.

»Guten Tag, Sie sind bestimmt Herr Meier, der heute den kleinen Pumuckel abholen kommt?«

»Den was?«

»Unseren süßen, rothaarigen Florian, seine Mutter hat mir schon Bescheid gegeben.«

»Nein, nein, ich bin nicht Meister Eder, ich bin der große, böse Wolf, der am liebsten kleine Kinder frisst und manchmal auch gut aussehende Erzieherinnen.«

»Sie sind aber ein ganz besonderer Witzbold. Wer sind Sie denn und was wollen Sie hier?«

»Mein Name ist Philipp Sturm und ich wollte Sie zu einer Tasse Kaffee einladen, die Sie mir in Ihrem Büro einschenken dürfen. Ich nehme an, Sie haben hier eine leitende Funktion.«

»Bei Zweiterem haben Sie Recht, den Kaffee können Sie getrost vergessen. Wenn Sie mir keinen triftigen Grund nennen können, warum Sie hier sind, möchte ich Sie bitten, wieder zu gehen.«

»Seien Sie doch nicht so abweisend. Wie heißen Sie eigentlich? Ich merke mir gerne einen Namen zu einem schönen Gesicht.«

»Wenn es Sie glücklich macht. Mein Name ist Miriam Engel und ich bin die kommissarische Leiterin dieser Einrichtung.«

»Miriam Engel – kann ein Name besser zu einer so reizvollen Erscheinung passen?«

Sie errötete leicht. Ich musste auch nicht lügen, denn sie war wirklich eine Augenweide. Sie hatte langes, schwarzes Haar, das bis zum Poansatz reichte, eine traumhafte Figur, durch ihre Jeans noch betonter, goldbraune Haut, die einen positiven Kontrast zum aktuellen Wetter bot. Die Krönung waren stahlblaue Augen, so tief und funkelnd wie die Karibik.

»Danke für das Kompliment. Doch ohne Raspeln, was wollen Sie hier?«

»Ich bin Privatdetektiv und ermittle in der Mordsache Huber. Beim Bau dieser Tagesstätte war er federführend, es war sein letztes Projekt. Da es beim Ankauf des Baugeländes einige Ungereimtheiten gegeben hat, dachte ich mir, ich schau' mir die Sache einmal an. Insgeheim hoffte ich, dass mir dabei eine Schönheit wie Sie über den Weg laufen würde, die ich noch das eine oder andere fragen kann.«

»Was sagen Sie! Huber ist tot? Sie machen doch schon wieder Scherze!«

»Nein, leider nicht. Er ist gestern Abend im Schillerpark erschossen aufgefunden worden. Ich fand ihn zufällig, als ich Moritz suchte.«

»Zufällig? Als Sie Ihren Sohn suchten?«

»Nein, nicht meinen Sohn, sondern einen Kater. Ich erwähnte doch, dass ich Detektiv bin.«

»Ist es also wirklich wahr? Huber ist tot. Ich habe gestern Morgen noch mit ihm gesprochen, da wir noch an der Endgestaltung des Außengeländes gefeilt haben. Er ist ..., Entschuldigung, war immer sehr kooperativ. Er hat sogar einen Arbeitskreis moderiert, in dem Kinder und Eltern bei der Planung der Tagesstätte beteiligt werden. Wirklich tragisch, was ihm passiert ist.«

Miriam Engel war sichtlich erschüttert. Die Nachricht schien sie wirklich zu treffen.

»Tut mir leid, dass Sie die Sache so unvermittelt erfahren müssen. Ich möchte Sie jetzt auch nicht weiter belästigen, aber ich würde mich gerne näher mit Ihnen über Huber und die Kita unterhalten. Halten Sie es für denkbar, dass wir uns ein anderes Mal in gemütlicherer Atmosphäre austauschen könnten?«

»Nein! Ja? Ich bin ein wenig durcheinander.«

»Darf ich Sie anrufen?

In diesem Moment, noch bevor ich eine Antwort bekommen konnte, öffnete sich hinter mir die Tür und ein Mann stand neben mir im Flur.

»Guten Tag, mein Name ist Meier. Ich möchte Pumuckel abholen. Seine Mutter hat Bescheid gegeben.«

Ich drehte mich um.

»Guter Herr Meier, dieser dunkelhaarige Engel wird Ihren Florian gleich bringen. Doch eines möchte ich Ihnen sagen, wenn Ihr Kind eine halbwegs normale Entwicklung nehmen soll, dann nennen Sie ihn nicht Pumuckel. Ansonsten könnte Ihnen passieren, dass Sie in zwanzig Jahren vielleicht von einem verhaltensgestörten Sittenstrolch in der Zeitung lesen, der bei seiner Verhaftung aussagt, dass er nie damit zurechtkam, mit einem rothaarigen Kobold verglichen worden zu sein und seine persönliche Entwicklung dadurch nachhaltig gestört wurde. Sie, die Mutter des Kindes und auch seine Erzieher können jetzt noch Schlimmeres verhindern!«

Der Engel musste lachen, Meier schaute mich nur entgeistert an.

»Schauen Sie nicht so, ich bin ausgebildeter Laientiefenpsychologe und ich weiß genau, wovon ich spreche. Die Alternative zum verhaltensgestörten Sittenstrolch ist nur noch der schwule Tänzer.«

Miriam Engel machte dem absurden Schauspiel ein Ende: »Professor Sturm, lassen Sie den Mann in Ruhe! Er wird über Ihre Ausführungen nachdenken! Ich hole Florian und werde zum gegebenen Zeitpunkt auch ein Gespräch mit seiner Mutter führen. Ich danke Ihnen für Ihre Hilfe. Hier ist meine Karte, rufen Sie mich an, dann können wir weiter über moderne Kindererziehung sprechen. Morgen Nachmittag habe ich frei und auch noch nichts vor. Ich freue mich, Sie wieder zu sehen.«

Sie notierte mir ihre Adresse, verabschiedete sich und verschwand, um das Kind zu holen. Der sichtlich antiautoritär, fundamentalpazifistisch angehauchte Müslimann schaute mich leicht belämmert an. Ich reichte ihm die Hand und versicherte ihm, dass er sich jederzeit an mich wenden könne, wenn er Hilfe brauche. Völlig verdutzt schaute er mir nach, als ich mich auf den Weg zu meinem Auto machte.

Es war mittlerweile kurz vor sechs Uhr. Zum Stammtisch konnte ich noch nicht gehen, da dort die ersten erst gegen halb neun Uhr auftauchen. Also nutzte ich die Zeit, zu Antonio zu fahren, um mir einige Tipps geben zu lassen, wie ich zu gegebener Zeit Miriam Engel bei einem Essen verwöhnen könne. Ich hatte schon lange nicht mehr selbst gekocht und schon gar nicht für eine schöne Frau. Die Gelegenheit war einmalig. Schon morgen, so nahm ich mir vor, werde ich eine Einladung aussprechen. Ich steuerte Antonios italienischen Spezialitätenladen in der Innenstadt an. Auf dem Weg dorthin dachte ich grollend daran, dass vor seinem Laden nur Anwohnerparkplätze ausgewiesen sind. Seit Jahren kämpft Antonio dafür, dass dort zumindest Kurzzeitparkplätze eingerichtet werden, damit eilige und ältere Kunden schnell in der ganzen Straße einkaufen können. Bis heute beißt er bei den Verantwortlichen der Stadtverwaltung auf Granit, ergo musste ich für mein kurzes Kundengespräch wieder mit einem Strafzettel rechnen, da ich bei diesem Wetter keine Lust hatte, weit zu laufen. Ich hatte zumindest so viel Glück, dass vor seinem Laden ein Platz frei war. Ich stieg aus und rannte los.

»Nicht so schnell, meine Freund, du rennst mir die gesamte Auslage um. Willst du etwa etwas einkaufe?«

Antonio stand in seinem weißen Kittel hinter der Theke inmitten von italienischen Köstlichkeiten und strahlte mich an.

»Vielleicht sofort, vielleicht auch erst morgen. Ich brauche einen Rat von Dir.«

»Eine Rat! Worum geht es denn?«

»Ich habe seit langem einmal wieder Lust zu kochen und ich würde gerne etwas Außergewöhnliches kochen, vielleicht etwas Sizilianisches. So, wie mich deine Tante in Agrigento damals verwöhnte, könnte ich auch jemanden verwöhnen.«

»Eine Frau?«

»Vielleicht.«

»Was macht denn deine Journalistenfreundin Vibke, ich dachte, nachdem du drei Woche mit ihr in Sizilien warst, käme kein andere Frau mehr in deine Leben.«

»Sie hat es vorgezogen nach Afrika zu gehen, um dort die Story für den Pulitzerpreis zu schreiben. Afrika ist sehr weit weg und der Pulitzerpreis ist wichtiger als ich. Ich glaube, ich muss mal wieder meinen Marktwert prüfen.«

»Du hast eine neue Flamme?«

»Bis jetzt noch nicht, doch dein Rat könnte mir weiterhelfen. Hast du ein tolles Rezept für mich?«

»Carni e pisci, la vita ti crisci.«

«Ah ja, Fleisch und Fisch verlängern das Leben. Was willst du mir damit sagen?«

»Ich empfehle dir Cosciotto di Agnello ripieno, eine wunderbar sizilianische, gefüllte Lammkeule und dazu eine Duca Enrico, eine im Barrique ausgebaute Nero d'Avola, der in Sizilien Kult ist. Vorher machst du eine Insalta con polpo bollito mit Weißwein von Donnafugata. Zum Abschluss gibst du ihr noch ein paar Mostaccioli, ein prima Mandelgebäck, das ich dir besorge und du brauchst dir keine Gedanke mehr zu mache.«

»So wie sich dein Menü anhört, musst du mir alles besorgen. Was braucht man denn alles?«

»Du brauchst für das Hauptgericht Lammkeule ohne Knochen, Lammleber, Erbsen, geriebener Caciocavallo, Zwiebel, Petersilie, Speck, Brösel und für den ersten Gang einfache Pulpo. Bis wann brauchst du die Sache?«

»Wenn alles gut läuft übermorgen.«

»Jetzt sag schon, wer ist die Neue?«

»Es gibt keine Neue, ich möchte nur jemanden zum Essen einladen und dann schau'n wir mal weiter. Du wirst bestimmt einer der Ersten sein, der erfahren wird, was passiert ist.«

»Willst du noch eine kalte Kaffee?«

›Kalte Kaffee‹ bedeutet bei Antonio einen Averna oder ähnliche anregende Spirituosen serviert zu bekommen. Ich ließ mich überreden. Wir wechselten noch ein paar Worte über seinen geplanten Urlaub im heimischen Sizilien, dann verließ ich ihn mit dem Versprechen, ihn als Ersten zu informieren, wenn wieder eine Frau in mein Leben treten sollte.

Für den ersten Tag meiner Ermittlungen war ich ganz zufrieden. Ich wusste zumindest, wo ich ansetzen musste. Das einzige Rätsel war noch der ominöse Zettel, den Huber einstecken hatte. Doch ich versprach mir eine Lösung am Abend.

Es war mittlerweile kurz vor halb acht Uhr. Ich schaltete den Fernseher aus, nachdem ich mich über die neuesten Nachrichten informiert hatte. Es gab einen Flugzeugabsturz in Albanien, ein Sprengstoffattentat in Haifa, eine Flutkatastrophe in Japan und das übliche dämliche Gelaber unserer Politiker in Berlin. Wie immer machte die eine Partei die andere für die Misere im Land verantwortlich. Für wie dumm hielten uns diese Zivilversager in der Hauptstadt? Der Permanentwahlkampf in Deutschland hatte zur Folge, dass sich überhaupt nichts bewegte, und überhaupt steckte die ganze Welt in einem unglaublichen Dilemma. Über meine üblichen Gedanken vergaß ich fast, dass ich langsam loslaufen musste, um nicht der Letzte am Stammtisch zu sein. Kaum hatte ich die Tür geschlossen und den Regenschirm geöffnet, klingelte mein Handy.

»Hallo, Süßer, hier ist Vibke, wie geht es dir?«

Das kam jetzt aber sehr überraschend. Meine liebe Vibke meldete sich aus den Tiefen des Schwarzen Kontinents. War sie etwa auf dem Rückweg nach Deutschland oder vermisste sie nur meine Stimme?

»Hey, Vibke, wie komme ich zu der Ehre, dass du mich mal wieder anrufst? Habe schon lange nichts mehr von dir gehört.«

»Ich hatte Sehnsucht nach dir, das ist eigentlich alles. Hier in Kenia finde ich einfach keinen Mann, der mir auf Dauer gefällt.«

»Ist das ein Heiratsantrag?«

»Quatschkopf! Ich wollte nur wissen, wie es dir geht.«

»Seit gestern geht es mir wieder gut, denn, du wirst es kaum glauben, ich habe eine neue Leiche.«

»Im Keller oder in Spätburgunder?«

»Nein, im Park. Als ich meinen wichtigen Nachforschungen in Sachen Kater Moritz nachging, stolperte ich förmlich über den erschossenen Bauamtsleiter unserer schönen Stadt. Du wirst es kaum glauben, schon ein paar Stunden später wurde ich von der gesamten Stadtspitze mit der Aufklärung des Falls betraut. Nicht etwa zusammen, nein, der Bürgermeister und der OB beauftragten mich jeweils separat. Ich bin schon mitten in den Ermittlungen. Da du es vorziehst in Afrika den Pulitzerpreis zu gewinnen, muss ich dieses Mal alles alleine aufklären.«

»Soll ich zurückkommen?«

»Ja, aber nicht wegen dieses Falls, ich habe ganz andere Defizite.«

»Dann bleibe ich lieber hier, sonst kommst du nicht viel weiter, denn im Bett löst ein Detektiv keine Fälle.«

»Wieso im Bett? Ich meinte kommunikative Defizite. Dass Frauen immer nur an das Eine denken müssen.«

»Ja, ja red nur weiter ... und die Erde ist eine Scheibe. Ich würde auch mal gerne wieder mit dir schwätzen. Dir scheint es wirklich gut zu gehen. Anfang Dezember komme ich für einige Wochen nach Europa, dann werde ich mich bei dir melden. Ist das in Ordnung?«

»Sicher, ich freue mich schon auf die ausgiebigen Diskussionen. Wie weit bist du mit deiner Story?«

»Es ist alles viel spektakulärer, als ich es mir vorgestellt hatte. Hinter den Waffenschiebereien steckt ziemlich sicher die hiesige Regierung. Ich brauche noch ein paar Fakten, dann habe ich eine klasse Geschichte. Nur wenn die erscheint, muss ich schon lange aus dem Land sein. Ich erzähle dir alles im Detail, wenn ich zurück bin. Schade, dass ich dir in deinem Fall nicht helfen kann. Ich mach' jetzt Schluss, sonst landet mein gesamtes Honorar bei der Telefongesellschaft. Also, mach's gut. Bis bald, vielleicht im Winter!«

»Du auch, bis dann. Ciao!«

Ich stand bereits vor der Kneipe. Durch das überraschende und kurzweilige Gespräch hatte ich den Weg durch das verregnete Landau fast nicht bemerkt. Ich zog den Regenschirm zu und betrat das Lokal.

Am Stammtisch wurde schon eifrig diskutiert. Harry, Georg W., Andy, Paul und ein älterer Herr schienen sich angeregt zu unterhalten. Als ob ich ein rettender Engel sei, wandten sich drei der vier direkt an mich und begrüßten mich heftig. Scheinbar ging ihnen das Gespräch mit dem Fremden ziemlich auf die Nerven. Einzig Georg W. führte die Unterhaltung weiter. Andy schaute mich an und wies mit einer Kopfbewegung abwertend auf die beiden Gesprächspartner. Er verdrehte vielsagend die Augen. In diesem Moment nahm mich der Alte wahr. Er unterbrach die Unterhaltung mit Georg und lallte mich an.

»Bist du auch ein Fußballer? Ich habe jahrelang selbst gekickt. Ich war unheimlich stark und habe die besten meiner Klasse ausgeschaltet. Ich habe in Dammheim, Queichhambach und Lug gespielt.«

»Ah ja, doch so hochklassig, sehr namhafte Vereine. Entschuldigung, ich muss unbedingt mit dem Wirt sprechen, denn ich habe eine Glaubenskrise.«

Er redete weiter, doch ich ignorierte ihn. Auf dem Weg zum Tresen hörte ich wie Georg ihm erklärte, dass ich glaube, noch kein Bier zu haben. Ich bestellte mir ein Pils und fragte die Bedienung, was an unserem Tisch los sei. Sie erklärte mir, dass der ältere Herr schon seit einer Stunde pausenlos auf die vier einredete und dabei ein Bier nach dem anderen trank. Als ich an den Tisch zurückkam, sprach er mit Georg über dessen Herkunft.

»Was, du kommst aus dem Osten? Macht ja nichts, ich habe auch schon mit Sachsen geredet.«

»Das muss wohl vor dem Krieg gewesen sein!« Damit hatte ihm Georg eigentlich unmissverständlich klar gemacht, dass das Gespräch nun beendet sei. Der Alte wandte sich an die anderen, doch sie drehten sich unübersehbar ab. Nach ein paar weiteren hilflosen Ansätzen gab er es auf und suchte sich neue Opfer.

»Gott sei Dank, dass du gekommen bist«, sagte Harry erleichtert. »Der Typ war nicht loszuwerden.«

»Der war doch ganz lustig«, lachte Georg W., »und nuu isser wech.«

»Wie viele Katzen haben wir denn die Tage gefangen, Meisterdetektiv?«

Das leidige Katzenthema. In regelmäßigen Abständen nahmen mich die Jungs deswegen auf die Schippe. Heute war Harry der unverschämte Fragensteller.

»Ich weiß nicht, wie viele du gefangen hast, ich habe gestern eine gefangen und dazu noch eine Leiche gefunden!«

»So, so, der Herr hat also eine Leiche gefunden. Die liegen ja massenweise in unseren Parks rum.«

»Nein, ohne Quatsch, gestern hat Bauamtsleiter Huber das Zeitliche gesegnet und ich habe ihn gefunden.«

»Huber, das korrupte Schwein! In der ganzen Stadt weiß man doch, dass er die meisten städtischen Liegenschaften dem Herxheimer Makler Schacher zuschiebt.«

»Bis er ermordet wurde, konnte man ihm nichts beweisen. Vielleicht bekomme ich in der Angelegenheit auch etwas heraus.«

»Wieso du? Du willst doch nicht behaupten, dass du einen Auftrag bekommen hast, der nichts mit Katzen zu tun hat?«

»In der Tat habe ich diesen Auftrag bekommen. Ich soll den Mörder von Huber finden und die Hintergründe herausbekommen.«

»Ach, komm, seit der Sache mit dem Winzer hat dich doch niemand mehr mit etwas Wichtigem beauftragt.«

»Nein, ohne Witz, ich habe den Auftrag.«

»Und wer hat dich beauftragt?«

»Zwei wichtige Persönlichkeiten der Stadt.«

»Ist kaum zu glauben. Warum wollen die, dass du die Sache untersuchst und nicht die Polizei?«

»Ich gehe davon aus, dass einer dem anderen eine kleine Ungereimtheit nachweisen möchte. Nach meinen ersten Erkenntnissen ist zwar im Bauamt nicht alles nach den deutschen Beamtenvorschriften gelaufen, doch die beiden haben scheinbar nichts mit der ganzen Angelegenheit zu tun. Entscheidend für mich ist, dass beide zahlen. Ansonsten werde ich mich hüten, einem von beiden einen Vorteil zu verschaffen.«

»Was ist denn im Amt vorgefallen?«

Ich erzählte den Vieren, was ich bisher herausgefunden hatte, auch von meinem Besuch im Kindergarten – ohne Miriam Engel zu erwähnen.

Paul schaltete sich in das Gespräch ein.

»Wer hat denn etwas davon, dass Huber tot ist?«

»Wenn wirklich großer Unfug im Amt getrieben worden ist und irgendwelche Verbindungen zu Schacher bestehen, dann steht der in der ersten Reihe. Zudem bewegt er sich in Kreisen, die, sagen wir, einschlägig bekannt sind. Nach dem, was ich bislang erfahren habe, werde ich dort ansetzen.«

»Leg dich nicht mit Schacher an, ich habe gehört, dass er bei so genannten Entmietungen nicht zimperlich ist. Gerade letztes Jahr hat er ein krankes Rentnerehepaar mit rabiaten Mitteln aus seiner Wohnung vertrieben. Er hat ein paar Typen an der Hand, die für Geld alles tun. Nur nachzuweisen war ihm wieder einmal nichts. Der Typ ist clever.«

»Mir bleibt gar nichts anderes übrig. Ich muss morgen nach Herxheim fahren, um mir den Menschen einmal vorzunehmen. Ich habe hier auch noch ein Schreiben, das mir zufällig in die Hände gefallen ist und das ich unseren Freunden aus der chemischen Fraktion zeigen wollte. Für mich sind die Angaben nur böhmische Dörfer.«

Ich gab das Papier in die Runde. Harry, Paul und Georg

schauten genauso ahnungslos wie ich, als ich das Schreiben erstmals in den Händen hatte. Andy jedoch schaute mich wissend an.

»Das ist eine Bodenanalyse. Die musst du anfertigen lassen, wenn gebaut werden soll, besonders auf Konversionsgeländen. Diese Analyse wurde für ein Teilgebiet der Ile de France erstellt. Wir haben in der Nähe auch einige Bauobjekte. Ich habe zwar nicht die große Ahnung, doch diese Analyse weist auf eine völlige Bedenkenlosigkeit hin. Soweit ich von unseren Analysen weiß, mussten wir einige Meter des Bodens abtragen und durch unverseuchten Boden wieder auffüllen. An der Stelle waren nämlich die Panzerhallen der Franzosen. Dort ist so viel Öl und anderer Dreck in den Boden gesickert, dass nicht einmal Bakterien überleben würden. Dass auf dem Gelände, auf dem der Kindergarten gebaut worden ist, überhaupt keine Verschmutzung festgestellt wurde, kann ich mir nicht vorstellen!«

»Wer hat denn die Überprüfung durchgeführt? Ist das aus dem Wisch zu entnehmen?«

»Hier oben in der Ecke ist eine Nummer, die auf das Labor hinweist, doch wer das ist, weiß ich nicht. Wenn HG morgen zum Fußballspielen kommt, kannst du ihm das Schreiben mitgeben. Er weiß garantiert, wer dafür verantwortlich ist. Wenn nicht, bekommt er es sehr schnell heraus.«

Es hat sich wieder einmal bewahrheitet, man muss nicht alles wissen, man muss aber wissen, wo es steht oder wer es weiß. Ich hatte es also mit einer Bodenanalyse zu tun, scheinbar mit einer getürkten. Wenn eine gefälschte Analyse kein Mordmotiv ist, dann weiß ich auch nicht weiter. Der Verdacht konzentrierte sich immer mehr auf Schacher. Wenn herausgekommen wäre, dass das ohnehin völlig überteuerte Gelände auch noch verseucht war, hätte sich der Gute mit einigen Regressklagen herumzuschlagen. Huber war für ihn eindeutig ein Risiko.

»Bekomme ich für meine sachdienlichen Hinweise auch eine Belohnung?«, fragte Andy.

»Wenn der Fall dadurch gelöst wird, spendiere ich dir ein Bier, vielleicht auch zwei.«

»Doch so viel?«

Georg mischte sich in das Gespräch ein.

»Jetzt, nachdem alles geklärt ist, könnten wir doch über wichtigere Dinge des Lebens sprechen. Frauen, Fußball, Politik ...«

»Jetzt hast du einmal die Möglichkeit, einen Krimi live zu erleben und gehst zur alltäglichen Routine über«, ereiferte sich Harry.

Paul hingegen meinte, dass im Moment alles gesagt sei. Dem stimmte Georg bedingungslos zu.

»Ich kenne in dieser Stadt außer euch sowieso niemanden. Eure Gespräche, wer mit wem verbandelt ist, sind mir ziemlich langweilig. Ob euer FCK jedoch am Samstag verliert oder Hansa wieder glorreich gewinnt, sind Dinge, die mein Exilleben im Westen erleichtern und verschönern. Also, können wir nun über die Ergebnisse vom Wochenende sprechen oder soll ich den Alten wieder an den Tisch holen?«

Diese Drohung saß. Wir wechselten das Thema. Feierte der FCK in der letzten Saison noch die Vizemeisterschaft, dümpelte er in der aktuellen Saison zwischen Abstiegs- und Mittelfeldplatz herum. Die Mannschaft war saft-, kraft- und charakterlos. Das Kämpfen hatte sie verlernt und spielen konnte die Söldnertruppe sowieso nicht. Georg W. Jäger frotzelte zurzeit gerne über den FCK, denn er war das miese Gegurke als Hansa Rostock-Anhänger seit Jahren gewohnt. Da wir ihn in der Vergangenheit immer wieder damit aufgezogen hatten, genoss er die Retourkutsche. So verging der restliche Abend und kurz vor ein Uhr trennte sich die Runde. Hatten wir eben noch theoretisch über die Kunst des Fußballspielens debattiert, so freuten wir uns schon auf die praktische Ausführung am heutigen Abend. Ich freute mich nebenbei noch über meine kleine Verabredung mit Miriam Engel am Nachmittag. Vor diesen Annehmlichkeiten stand jedoch noch mein Besuch bei Schacher in Herxheim. Bei diesem Gedanken bekam ich leichte Bauchschmerzen.

Dienstag, 11. Oktober

Die Nacht war einfach furchtbar. Der Sturm hatte sich anscheinend zu einem Orkan entwickelt. Die Fensterläden klapperten, der Wind pfiff um die Häuserecken, der Regen prasselte auf das Dach und die Bäume knarrten unter der Wucht der Böen. An einen tiefen Schlaf war nicht zu denken. Mir schoss der Gedanke durch den Kopf, dass es unter diesen Umständen kaum möglich sei, am Abend Fußball zu spielen. Seit einigen Jahren hatten wir beschlossen, nicht mehr in der Halle zu kicken, da unsere alten, verrosteten Gelenke diese Anstrengungen nur noch schwer verkraften. Also spielen wir bei Wind und Wetter im Freien, ob es regnet, schneit oder hagelt. Doch dieser Wind war stärker als die linke Klebe von Roberto Carlos. Ich grübelte so lange, wie es denn möglich sei doch zu spielen, bis ich letztlich einschlief.

Gegen zehn Uhr klingelte der Wecker laut und schrill. Draußen hatte sich nichts geändert, der Sturm tobte unerbittlich. Ich hatte viel zu lange im Bett gelegen. Der Blick aus dem Fenster war sehr unerfreulich. Die gesamte Natur war gebeugt von den heftigen Windstößen. Einer Tanne wurde sogar die Spitze abgebrochen. Jetzt erst einmal einen kräftigen Kaffee. Nach dem Duschen war die Kaffeemaschine betriebsbereit. Ich machte mir einen vierfachen Espresso und zündete mir eine Zigarette an. Langsam kehrten die Lebensgeister zurück. Nach dem zweiten Vierfachen war ich topfit. Nun ging es in die Höhle des Löwen, doch zuvor gönnte ich mir die Annehmlichkeit, Miriam Engel anzurufen, um mit ihr einen genauen Termin auszumachen. Ich wählte die Nummer, die sie mir notiert hatte.

»Miriam Engel, guten Tag.«

»Auch guten Tag, hier ist Sturm. Wir wollten doch noch einen genauen Termin und Treffpunkt verabreden. Gestern kamen wir ja leider nicht mehr dazu.«

»Ah, Sturm. Ich hatte Sie fast schon wieder vergessen. Dachte nicht, dass Sie wirklich anrufen.«

»Wie kann es sein, dass Sie mich so schnell vergessen haben? Ich dachte, ich hätte einen bleibenden Eindruck hinterlassen?«

»Bei dem Herrn von gestern bestimmt. Er hat mich noch drei Mal gefragt, ob denn der Name Pumuckel wirklich so schlimm sei. Als ich dies bejahte, beteuerte er, dass er deswegen mit der Mutter des Kindes reden würde. Und Sie, Sie wollen sich wirklich mit mir treffen?«

»Würde ich sonst anrufen?«

»Sie meinen es tatsächlich ernst. Also gut, ab zwei Uhr habe ich frei und auch nichts vor. Sie können dann über mich verfügen.«

»Jetzt aber einmal langsam, zuerst möchte ich mich nur mit Ihnen unterhalten. Zudem ist es heute mit dem Verfügen ein bisschen schlecht, da ich ab sieben Uhr einen nicht verschiebbaren Termin habe und den schon seit Jahren.«

»Es gibt Wichtigeres als eine Verabredung mit mir?«

»Ja, ich spiele jeden Dienstagabend Fußball, das ist wichtig für den Köper und auch für den Geist.«

»Sie meinen bestimmt das anschließende Après-Fußball, wenn Sie von Geist sprechen.«

»Auch.«

»Na gut, solche kleinen Spielereien muss man den Männern lassen, sonst werden sie unzufrieden und unausstehlich.«

»Ich hole Sie um zwei ab, ist das in Ordnung?«

»Direkt an der Kita? Nein, das ist mir nicht recht. Holen Sie mich doch eine halbe Stunde später bei mir zu Hause ab, das wäre mir lieber.«

»Kein Problem, wo wohnen Sie denn?«

»Ich wohne im Westring 137, ich warte unten.«

»Okay, bis später. Ach übrigens, falls ich länger als eine Stunde überfällig sein sollte und ich mich nicht am Mobiltelefon melde, informieren Sie bitte Kommissar Becker und sagen ihm, ich wollte einen Herrn, den er auch kennt, in Herxheim besuchen. Wenn ich wüsste, dass Sie das für mich tun, wäre ich ein wenig beruhigter. Fragen Sie mich jetzt nicht nach Gründen, sondern sagen Sie nur, dass sie es tun werden.«

»Okay, okay, ich werde es tun und stelle auch keine Fragen. Ist schon interessant, einen Schnüffler zu kennen. Tschüs und hoffentlich bis später.«

Wir legten auf. Nach dem Gespräch fühlte ich mich deutlich wohler. Zum einen, weil ich die Stimme eines Engels gehört habe, zum anderen, weil ich nun etwas abgesicherter war. Im schlimmsten Fall, dachte ich mir, wird zumindest meine Leiche gefunden. Ich zog meine Regenjacke an und verließ das Haus.

Der alte Alfa war solche Herbststürme nicht gewohnt. An einigen Stellen drückte sich Wasser durch die Nähte des Verdecks. Ich hoffte nur, dass mich der Wind auf meiner Fahrt nach Herxheim nicht von der Straße wehte. Über die Queichheimer Brücke, an Mörlheim vorbei, führte der Weg Richtung Offenbach, von dort aus dann direkt nach Herxheim. Als ich am Ortseingang anhielt, um einen Passanten zu fragen, wo das Büro von Schacher sei, bemerkte ich, dass ich in meiner Jugend, außer zu Fußballspielen gegen die Viktoria, nicht nach Herxheim gekommen bin. Von dem, was der Mann zu erklären versuchte, war kaum ein Wort zu verstehen. Der Herxheimer Dialekt war schon ein besonderer. Das einzige, das aus den Erläuterungen herauszuhören war, waren die Worte Hauptstraße und Metzgerei. Ich bedankte mich höflich für die Auskunft und suchte gleich nach der Hauptstraße. Bis ich bemerkte, dass ich mich bereits auf der gesuchten Straße befand, stand ich auch schon vor einer Metzgerei. Ich parkte den Wagen, packte mich in meine Regenjacke und stieg aus. In der Metzgerei erklärte mir eine zugezogene Frischfleischfachverkäuferin – sie musste zugezogen sein, denn die Worte waren verständlich –, dass das Büro und das Wohnhaus von Schacher keine zehn Meter von der Metzgerei entfernt seien. Das Anwesen sei sofort zu erkennen, denn es wäre das größte Haus im Ort. Ich verließ den Laden und stand nach wenigen Sekunden vor einem Siebzigerjahre-Bungalow, der an Größe kaum zu überbieten war. Neben einer dreifachen Garageneinfahrt, einer Tür, die zum Wohnhaus führte, und einem langen Zaun stand ein weiteres kleineres, großes Gebäude, an dem ein Schild angebracht war: *Schacher & Bauer – Immobilien, Bauleitung, Planungswesen und Architektur.* Hinter einer Art Theke saß eine etwa 18-jährige, blonde, schmalhüftige, dickbrüstige Sekretärin vor einem PC-Monitor. Bei näherem Hinsehen – ich musste mich zwingen – sahen ihre Brüste aus wie – tatsächlich! – umgedrehte Tupperschüsseln. Wahrscheinlich waren sie auch aus dem gleichen Material. Mit einer ätzenden, quietschenden Barbiepuppenstimme fragte sie: »Kann ich Ihnen irgend etwas Gutes tun?«

Ihre Erscheinung ignorierend, versuchte ich ernst zu bleiben.

»Ja, natürlich, ich suche eine Wohnung oder ein Haus in Landau. Mir wurde gesagt, dass Ihr Chef dazu die erste Adresse sei. Kann ich Ihn vielleicht sprechen?«

»Da sind Sie bei uns sehr gut aufgehoben. Sie müssen nur etwas Geduld haben, denn die Chefs sind viel beschäftigt.«

Mit ihrer unsäglichen Stimme erklärte sie, dass Schacher und Bauer zurzeit eine Besprechung mit einem Kunden hätten, die noch etwa eine halbe Stunde dauern könnte. Sie könne mir jedoch einen Katalog geben, in dem die aktuellen Angebote, sowohl zum Mieten als auch zum Kaufen, aufgelistet wären.

»Danke, sehr nett von Ihnen, das Heft beinhaltet bestimmt viele gute Angebote.«

In einem Nebenraum bot sich ein Rolf-Benz-Sofa zum Lesen an. Neben den neuen Wohnungen und Häusern in den Konversionsgebieten war in dem Katalog wirklich alles vertreten. Altbauwohnungen in den Ringstraßen, Villen und Einliegerwohnungen im Steingebiss und der Eichbornstraße, Eigentumswohnungen in der Elfenau und Einfamilienhäuser auf der Wollmesheimer Höhe. So viele Objekte hatte wohl kein Makler in Landau und der Umgebung, denn neben diesen Angeboten in der Stadt gab es viele weitere Angebote in den Südpfalzgemeinden, an der Weinstraße bis hin in den tiefsten Wasgau. Die Zeit verging wie im Fluge. Plötzlich riss mich Barbie aus meinen Eigenheimträumen.

»Sie! Die Herren haben nun Zeit. Kommen Sie mit !«

Ich legte den Katalog zur Seite und folgte den falschen Rundungen. Barbie klopfte an eine moderne Eichentür und trat in den Raum.

»Draußen steht ein Herr, dessen Namen ich nicht kenne. Er sucht eine Wohnung in Landau. Darf er eintreten?«

Ich verstand die Worte, die aus dem Zimmer kamen, nicht, doch Babydoll drehte sich um und schaute mir lidschlagend in die Augen.

»Sie können eintreten. Herr Schacher lässt bitten.«

Ich betrat das Büro, das die Ausmaße von zwei Wohnzimmern hatte. Neben einer kleinen Sitzecke mit Couch und Sesseln gab es in dem riesigen Raum nur noch eine fahrbare Bar und einen übergroßen Schreibtisch, an dem der stadtbekannte Makler saß. Von seinem Kompagnon Bauer war nichts zu sehen. Schon rein äußerlich war Schacher eine völlig unsympathische Person. Er sah aus wie ein Provinzneureicher, der in einen edlen Armanianzug gesteckt wurde, für den er zudem viel zu klein war. Schacher maß etwa einssechzig und wog etwa achtzig Kilo. Der besagte Anzug spannte ein wenig um die Hüfte als er aufstand um mich zu begrüßen. Als ich seine Designerschuhe sah, dachte ich an den alten Ausspruch, der aus den Viehstrichgemeinden stammte »Pariser Schuhe und Bobenthaler Füße«. Der gesamte Stil passte nicht zu der tumben Person. Schacher hatte einen Stiernacken, ein Dreifachkinn und fast keine Haare mehr auf dem Kopf. Wie die Altvorderen kämmte er die Haare seines Haarkranzes, die er etwas länger wachsen ließ, über die gesamte Platte auf die andere Seite des Kopfes. Sein breites Herxheimerisch, von dem die Einheimischen annahmen, dass es Auswärtige verstehen würden, kaschierend, sprach er mich durchaus freundlich an.

»Guten Morgen. Mit wem habe ich es denn zu tun und was für einen Wunsch haben Sie?«

»Guten Morgen, Herr Schacher, mein Name ist Sturm und ich suche eine Wohnung oder ein Haus in Landau.«

»Wollen Sie mieten oder kaufen?«

»Am liebsten kaufen, doch wenn mir ein Objekt besonders gut gefällt und es zum Kaufen zu teuer ist, dann würde ich auch mieten.«

»Haben Sie einen besonderen Wunsch, wo Sie wohnen möchten.«

»Ja, die Konversionsgebiete würden mich interessieren, besonders die an der Weißenburger Straße.«

»Eine gute Wahl, aber etwas schwierig. Ein Haus können sie dort vergessen, denn dort stehen hauptsächlich Eigenheime von jungen Familien, die selbst dort wohnen. Meinen Erfahrungen nach kommen die ersten Scheidungen und Zwangsverkäufe erst in zwei bis drei Jahren, bis dahin gibt es dort keine fertigen Häuser. Ich gehe davon aus, dass Sie nicht selbst bauen wollen?«

»Nein, ich hänge an meiner Gesundheit. Gibt es dort denn größere Wohnungen?«

»In den ehemaligen Kasernengebäuden, die wegen der Denkmalpflege nicht abgerissen werden durften, gibt es einige Wohnungen bis zu 120 qm. Dort habe ich einige Objekte.«

»Wie weit ist der Kindergarten davon entfernt?«

»Der Kindergarten? Haben Sie Familie?«

»Nein, ich habe keine Familie, aber ich habe gehört, dass das Gelände am Kindergarten hochgradig verseucht sein soll, da dort früher die Panzerhallen waren.«

»Wer sagt so etwas? Das ist mir aber ganz neu.«

»Ach, Sie wissen doch, in einer Kleinstadt wie Landau wird viel geredet. Vor allem jetzt, wo der Bauamtsleiter erschossen wurde.«

»Wer ist erschossen worden?«

»Bauamtsleiter Huber. Lesen Sie denn keine Zeitung?«

»Ich bin erst wieder seit gestern Abend in der Gegend, denn ich war auf einem Kongress in Hamburg. Wegen der vielen Arbeit bin ich noch nicht dazu gekommen die Zeitungen zu lesen. Wann ist diese schlimme Sache denn passiert?«

Wenn er mit dem Mord etwas zu tun hätte, verstellte er sich sehr geschickt. Er mimte den völlig Unschuldigen, der während der Mordzeit auch noch weit weg war. Doch ich wusste, dass er für solche Arbeiten seine Handlanger hatte. Sich selbst würde er niemals in die Schusslinie bringen, dazu war er zu clever. Ich beschloss das Spiel erst einmal weiter zu spielen.

»Am Sonntagabend. Man hat ihn mit einer Kugel zwischen den Augen im Schillerpark gefunden. Seit dem wird einiges spekuliert in der Stadt.«

»Wirklich eine Schande. Wissen Sie, ich kannte Huber gut, wir haben einige Geschäfte miteinander gemacht. Aber zurück zu Ihrer Frage wegen des Kindergartengeländes. Ich habe von der ganzen Fläche Bodenproben nehmen lassen, da sie mir zum Großteil gehört oder gehörte. Wenn Sie wollen, kann ich Ihnen die Analysen zeigen, die beweisen, dass dort alles makellos ist. Sie brauchen sich wirklich keine Sorgen zu machen, ich habe an alles gedacht. Was in der Stadt geredet wird, können Sie getrost vergessen.«

»Wenn Sie das sagen, dann glaube ich Ihnen natürlich, denn ich weiß, Sie sind ein Ehrenmann. Die Analyse würde ich aber trotzdem gerne sehen.«

»Wollen Sie nicht erst einmal die Wohnung betrachten, bevor Sie Bodenanalysen aus der Umgebung sehen wollen. Am Schluss ziehen Sie in den Schützenhof und aller Aufwand war umsonst.«

»Nicht umsonst, denn ich könnte in der ganzen Stadt erzählen, dass das mit der Verseuchung erstunken und erlogen ist und – ich will nicht in den Schützenhof ziehen.«

»Ich mache Ihnen ein Vorschlag. Wir verabreden für morgen einen Besichtigungstermin und ich bringe Ihnen die Analyse als Kopie mit. Sind Sie damit einverstanden?«

»Okay. Ist die Wohnung eigentlich zur Miete oder zum Verkauf?«

»Es ist beides möglich, denn die Wohnungen gehören alle meinem Partner, Herrn Bauer.«

»Was würde denn so eine Wohnung kosten?«

»Die günstigste käme auf etwa 250000 Euro, inklusive der Maklercourtage.«

»Sie können doch keine Gebühr verlangen, wenn die Wohnungen Ihrem Partner gehören.«

»Ich könnte nur keine Gebühr verlangen, wenn die Wohnungen mir selbst gehören würden.«

»Das sind aber seltsame Praktiken. Können Sie mir nicht etwas entgegenkommen?«

»Schauen Sie sich erst einmal die Wohnung an, dann sehen wir weiter. Ich habe jetzt den nächsten Termin. Ist Ihnen morgen um vierzehn Uhr vor Ort recht?«

Ich nickte. Schacher gab mir eine Visitenkarte und einen Zettel, auf dem die Adresse der Wohnung stand. Er gab mir zum Abschied einen kräftigen Händedruck und führte mich bestimmt in Richtung Ausgangstür. Er schloss die Tür hinter mir und überließ mich seinem künstlichen Vorzimmersubjekt. Als es mich wahrnahm, ertönte auch schon das unsägliches Gequietsche: »Konnte mein Chef Ihnen helfen? Er kann eigentlich immer helfen. Es gibt nichts, was er nicht zustande bringt. Er ist einfach der Beste auf seinem Gebiet ...«

Ich sagte schnell auf Wiedersehen und ließ sie alleine mit ihren Elogen auf Schacher. Ihre Arbeitszeit erstreckte sich vermutlich rund um die Uhr. Höchstwahrscheinlich wurde ihr Arbeitsverhältnis etwas umfangreicher definiert, denn ihr Aussehen entsprach dem Stil des Immobilienhais.

Auf der Straße tobte der Herbststurm. Ich hatte mir einen ersten Eindruck von Schacher verschafft und war mir sicher, dass er mir am nächsten Tag wegen der Courtage ein Schwarzgeschäft vorschlagen würde. Warum dieser Mann reich geworden war, war schon nach dem ersten Zusammentreffen klar. Er erinnerte mich irgendwie an eine Hyäne. Am Auto angekommen verdeutlichte ein Blick auf die Uhr, dass das Warten und Reden doch länger gedauert hatte. Es war bereits kurz vor vierzehn Uhr und ich war froh, mich mit Miriam Engel eine halbe Stunde später verabredet zu haben. Das war noch zu schaffen. Was bislang ans Tageslicht kam, war noch nicht sehr erbaulich. Schacher hatte sich beim Verkauf des Kindergartengrundstücks eine goldene Nase verdient. Dass er mit Huber krumme Geschäfte gemacht hatte, haben die Andeutungen von Schwarz ergeben. Vieles hing von der Bodenanalyse ab, da war ich mir ganz sicher. Interessant war nun noch, was mir Miriam Engel erzählen würde. Im CD-Player tönte eine alte Scheibe der Stones. Zuerst sangen die alten Herren »Time is on my side«, dann folgte »Let's spend the night together«. Die Songs passten gut und steigerten meine Vorfreude auf meine Verabredung. Doch als »Sympathy for the devil« ertönte, musste ich sofort wieder an Schacher denken. Ich drückte sofort ein Lied weiter, »Midnight Gambler« klang viel angenehmer. Als »Wild Horses« ausklang, stand ich im Westring. Die schöne Erzieherin war noch nicht auf der Straße. Es waren ja auch noch fünf Minuten Zeit. Zumindest musste sie nicht lange stehen und würde nicht nass werden. Ich bin eben der perfekte Gentleman – manchmal.

Punkt vierzehn Uhr trat Miriam Engel aus der Haustür. Sie hörte das Hupen des Autos, erkannte mich und lief Richtung Alfa. Sofort stieg ich aus, rannte ums Auto herum und öffnete ihr die Tür. Sie stieg ein und meine Klamotten waren klatschnass.

»Sie sind ja ein Kavalier alter Schule – Respekt, das hätte ich von einem Vorstadtschnüffler nicht erwartet.«

»Ich bin eben immer für eine Überraschung gut. Wo wollen wir hinfahren?«

»Eigentlich habe ich keine Lust in der Stadt zu bleiben, kennen Sie keine Kneipe am Haardtrand, von der aus man auf die verregnete Rheinebene schauen kann?«

»Natürlich, echte Dorfkneipe mit großem Panoramafenster zur Rheinebene hin. Kein Luxusrestaurant, aber lassen Sie sich überraschen!«

Es war eine Dorfkneipe in Gleisweiler, in der man aber sehr gute Hausmacher Kost essen konnte. Die entzückende Dame neben mir nickte heftig.

Über die Hindenburgstraße ging es Richtung Godramsteiner Straße. Der Verkehr in der Stadt war heute auch nicht weniger als gestern. Bei diesem Wetter wollte niemand zu Fuß gehen. Auf dem Weg nach Godramstein und Siebeldingen nahm er aber sichtbar ab. In Frankweiler auf der Weinstraße nach Gleisweiler begegneten einem nur noch einige unentwegte Touristen, die im September und Oktober die Pfalz vom Zellertal bis zum Weintor überfluteten, um den Winzern den neuen Wein abzukaufen. Die Winzer freuen sich, denn sie müssen ihre Übermengen nicht als günstigen Essigrohstoff verkaufen, sondern machen aus Nichts noch eine gute Summe Bargeld. Federweißen trank ich selbst nur noch auf dem Landauer Federweißenfest und wenn die Fremden die dreckige Brühe als Delikatesse sahen, sollten sie auch dafür ordentlich bezahlen. Am liebsten war es mir, wenn es unsere Karlsruher Nachbarn erwischte, die die

Pfalz das ganze Jahr überfallen. In der badischen Mittelstadt hält sich auch schon seit langem das nicht zu entkräftende Gerücht, das es in pfälzischen Weinstuben zwei verschiedene Speisen- und Getränkekarten gebe – eine für Einheimische und eine für Karlsruher. Eigentlich sollte man es tatsächlich einführen. Doch die Realität sieht anders aus. Wegen der großspurigen, immerwährenden Schreierei der »Gelbfüßler«, das doch alles so billig sei, haben die meisten Winzer, auch die in den verborgensten Winkeln, ihre Preise angezogen, was unweigerlich dazu führt, dass auch die Einheimischen mehr zahlen müssen. Diese Tatsache und die Unverschämtheit, dass sie in ihrer badischen Heimat immer von den »tumben Pfälzern« sprachen, machte sie nicht gerade beliebt, wenn sie bei uns durch den Wald schleichen und anschließend die Weinstuben überfüllen. Unseren elsässischen Nachbarn übrigens erging und ergeht es ebenso.

Wir erreichten die Wirtschaft in Gleisweiler, die glücklicherweise auch geöffnet hatte. Es fiel während der ganzen Fahrt kein Wort. Ich wollte Miriam nicht gleich nach der Arbeit mit Belanglosigkeiten zutexten und sie mich scheinbar auch nicht.

»Wir wären da.«

»Das sieht aber urig aus.«

»Warten Sie erst einmal bis wir drinnen sind, dann werden Sie noch begeisterter sein.«

Wir gingen durch die Eingangstür und kamen in eine völlig leere Kneipe. Dort setzten wir uns an den Tisch, der direkt an dem großen Fenster stand und von dem aus man an schönen Tagen bis zum Odenwald sehen konnte.

Daran war heute aber nicht zu denken. Kaum hatten wir Platz genommen, stand auch schon der Wirt am Tisch und fragte, was wir wünschten. Miriam hatte Hunger und wollte sich aus der Speisekarte etwas heraussuchen. Der Wirt erklärte ihr, dass es nur Kotelett mit Rotkraut und Bratkartoffeln gebe, da um diese Zeit kaum Gäste kämen, außer ein paar Nachbarn, die kurz eine Schorle tränken. Die Erzieherin überlegte nicht lan-ge und bestellte. Ich schloss mich ihr an und orderte gleich eine Rieslingschorle.

»Ich bin froh, dass wir hier zusammen sitzen können«, begann sie das Gespräch.

»Wieso?«

»Nach ihren Andeutungen am Telefon machte ich mir echte Sorgen, es hatte sich dramatisch angehört.«

Ihre ungespielte Sorge rührte mich, ihre dazugehörige Miene gefiel mir noch besser. Wenn sie mich weiter so anschaut, werde ich mich auf der Stelle verlieben, dachte ich mir. Sie schaute mich weiter so an.

»Es war alles halb so wild. Ich dachte, ich würde mit einer sehr unangenehmen Situation konfrontiert werden, doch es kam gar nicht soweit. Das einzig wirklich Schlimme war, dass ich mit einer künstlich aufgepumpten Blondine zu tun hatte, an der wirklich rein gar nichts mehr echt war. Die andere Sache löste sich erst einmal recht unspektakulär. Ich finde es aber schön, dass Sie sich schon nach wenigen Stunden, die wir uns kennen, Sorgen um mich machen.«

»Sie sind mir eben sympathisch, aber bilden Sie sich bloß nichts ein.«

Der Wirt kam mit der Schorle.

»Frau Engel, wenn ich Ihnen sympathisch bin und ich möchte hier gleich betonen, Sie sind mir auch sehr sympathisch, sollten wir uns dann nicht duzen? Ich bin deutlich älter als Sie und darf es deshalb auch anbieten.«

»Sie fangen schon wieder an zu Schmeicheln, Sie Süßholzraspler. Mein Name ist Miriam.«

»Angenehm, Philipp. Jetzt, da wir die Formalitäten hinter uns gebracht haben, sollten wir uns doch etwas näher kennen lernen. Bist du in gebürtige Landauerin?«

»Nein, ursprünglich komme ich aus Deidesheim, doch ich bin schon über zehn Jahre in der Südpfalz. Zuerst war ich in Annweiler, dann in Wörth, seit drei Jahren bin ich in Landau.«

»Deidesheim? Kommst du aus einer Winzerfamilie?«

»Du wirst es nicht glauben, aber ich komme aus einer Winzerfamilie. Mein Vater betreibt ein Gut aber nur noch im Nebenerwerb, er arbeitet bei der BASF in Ludwigshafen. Wenn er Ende des Jahres pensioniert wird, hat er vor, sich ausgiebiger um die Weinberge zu kümmern. Wer soll es denn auch tun, wenn die Tochter keinen Weinbauern geheiratet hat?«

»Du hast keine Geschwister?«

»Doch, ich habe eine jüngere Schwester, die ist Stewardess und lebt in Frankfurt. Leider hat sie überhaupt kein Interesse mehr an der Pfalz. Sie bewegt sich dort in High-Society-Kreisen, da ist die alte Heimat zu provinziell. Meine Eltern leiden sehr darunter. Sie meldet sich höchstens noch an Weihnachten, allerdings nur telefonisch. Ich habe auch keinen großen Kontakt zu ihr.«

»So ist das Leben. Der einen Frau steigt die Schönheit zu Kopfe, die andere ist sich ihrer Schönheit überhaupt nicht bewusst. Ich gehe einfach einmal davon aus, dass deine Schwester genauso schön ist wie du.«

Miriam hatte keine Zeit verlegen zu werden, denn der Wirt kam mit zwei riesigen Portionen Kotelett an den Tisch. Sie lächelte mich an und bevor wir anfingen zu essen, sagte sie, dass ich ihr nach dem Schnaps mein Le-ben erzählen müsse. Bei dem Gedanken eine echte Winzertochter, wenn auch nur Nebenerwerb, kennen gelernt zu haben, schmeckte das Essen noch mal so gut. Jeder Pfälzer Bub bekommt mit der Muttermilch den Spruch eingebläut: »Schau, dass du eine Winzertochter heiratest, dann hast du für immer ausgesorgt«. Nicht, dass ich Miriam gleich heiraten wollte, doch insgesamt fand ich die Situation lustig. Letztes Jahr eine Winzerwitwe, nun eine Winzertochter. Hoffentlich verbargen sich hinter dem schönen Gesicht nicht die gleichen Abgründe wie bei der Witwe. Mit einem vernebelten Blick auf die Rheinebene genossen wir das deftige Essen. Als wir uns zum Abschluss einen Hefeschnaps gönnten, fand ich es an der Zeit Miriam zu fragen, ob ich sie zum Essen einladen dürfe.

»Wie ich sehe, isst du gerne und bist einem guten Tropfen auch nicht abgeneigt.«

»Du hast Recht, ich esse gerne. Ich habe nur ein Problem, ich koche nicht sehr gut und ständig ins Restaurant gehen ist mir zu teuer.«

Das war ein absoluter Steilpass!

»Was hältst du davon, wenn ich dich morgen Abend zum Essen einlade. Ich esse nämlich nicht nur sehr gerne, ich koche auch sehr gut. Ich biete dir eine delikate, gefüllte Lammkeule und dazu einen im Barrique ausgebauten Nero d'Avola. Vorher zaubere ich dir einen Pulposalat mit einem Weißwein von Donnafugata und zum Abschluss gibt es noch ein paar Mostaccioli, ein prima Mandelgebäck aus Sizilien.«

»Das hört sich bezaubernd an. Ich nehme die Einladung gerne an, doch ich hätte eine Bitte. Nichts gegen deinen Menüvorschlag, aber kannst du vielleicht etwas Heimisches kochen, irgendwie ist das Wetter nichts für italienische Küche. Die esse ich lieber an heißen Sommertagen.«

»Sizilianische!«

»Wie?«

»Womit ich dir den Mund wässrig machen wollte, war keine italienische Küche, sondern sizilianische. Meinem Freund Antonio wird es überhaupt nicht gefallen, dass sein Menüvorschlag kein Gehör fand.«

Jetzt hatte ich mich verplappert. Miriam schaute mich verschmitzt an.

»Antonios Menüvorschlag? Hattest du vor, das Menü für dich alleine zu kochen?«

»Nein, ich hatte von vorneherein vor, dich zum Essen einzuladen. Als ich dich gestern das erste Mal sah, hatte ich den unbändigen Wunsch mit dir alleine ein Candle-Light-Dinner zu veranstalten. Bist du jetzt böse?«

»Wenn du mir ein pfälzisches Menü servierst, dann nicht.«

»Was hältst du von junger pfälzischer Küche, also nicht etwa Saumagen oder Schweinepfeffer?«

»Sprich!«

»Als Vorspeise Schnecken in einer Rieslingschaumsuppe, dann Entenbrust in Dornfelder mit Feldsalat und zum Abschluss Backäpfel.«

»Wie kann ich dir nur böse sein? Ich nehme die Einladung an und erlaube mir den Wein mitzubringen. Ich habe noch ein paar Flaschen Riesling Spätlese trocken aus meiner Mittelhaardter Heimat. Ich hoffe, das entspricht deinen Vorstellungen?«

»Mittelhaardter Riesling! Mein absolut bevorzugtes Anbaugebiet für Riesling. Ich bin einverstanden. Ist acht Uhr okay?«

»Ist okay. Nachdem wir den morgigen Abend gerettet haben, möchte ich noch einiges über dich erfahren. Ich habe es dir vor dem Essen ja angedeutet.«

»Was willst du denn wissen?«

»Wo kommst du her, was hast du getan, was hast du vor, wo willst du hin?«

»Kennst du die Sage von Lohengrin und Elsa? Als Lohengrin auf dem Schwan angeritten kam und Elsa sich unsterblich in ihn verliebte, stellte er die Bedingung, dass sie niemals nach seiner Vergangenheit fragen dürfe. Wenn sie es dennoch wissen wollte, müsse er sie auf der Stelle verlassen. Ganz so schlimm machen wir es jetzt nicht, aber über vergangene Beziehungsgeschichten rede ich nicht, denn die sind vergangen.«

»Die möchte ich auch gar nicht wissen.«

»Dann ist es gut!«

Ich erzählte ihr von meiner Kindheit und Jugend in Landau, von meiner Schulzeit im Kloster der Herz-Jesu-

Priester, von meiner Studienzeit und meinem beruflichen Weg bis zum Privatdetektiv. Bei dieser Gelegenheit erwähnte ich den großen Fall, den ich im letzten Jahr gelöst hatte. Davon hatte sie sogar in der Zeitung gelesen. Als wir mit dem Austausch von persönlichen Daten fertig waren, kam ich auf meinen aktuellen Fall zu sprechen.

»Sag mal, Miriam, der Kindergarten ist doch auf dem ehemaligen Kasernengelände gebaut worden. Hast du keine Angst, dass der Boden verseucht ist? Kinder nehmen doch alles in den Mund?«

»Ja, natürlich habe ich mich wegen möglicher Altlasten erkundigt, doch Huber, Gott hab' ihn selig, hat mir eine Bodenanalyse gezeigt, die eindeutig darauf hinweist, dass es keine Bedenken gibt.«

Ein Griff in meine Jackentasche und ich zog die Analyse heraus, die bei Huber im Jackenfutter steckte.

»War es diese?«

»Haargenau! Woher hast du das Schreiben?«

»Ich habe es bei Huber gefunden, als ich über seine Leiche gestolpert bin. Zuerst dachte ich, es sei etwas Geheimes oder Besonderes, doch mittlerweile weiß ich, dass Gott und die Welt mit dieser Expertise konfrontiert werden. Auch der Makler Schacher wird mir morgen dieses Dokument zeigen.«

»Ja und!?«

»Ich hätte eine Bitte: Würde es dir etwas ausmachen, wenn ich auf deinem Außengelände einige Bodenproben entnehmen und einem guten Freund zukommen lassen würde, damit noch eine Analyse angefertigt wird? Gleichzeitig wäre ich dir dankbar, wenn du die Kinder nicht auf das Außengelände lässt. Zurzeit ist es eh keine Frage, da es das Wetter sowieso nicht zulässt, doch ich hoffe, es hört wieder auf zu regnen und zu stürmen.«

»Wenn es der Sicherheit meiner Kinder dient, ist das überhaupt keine Frage. Ich müsste jedoch meinen Dezernenten informieren. Hast du wirklich Bedenken, dass an der Analyse etwas nicht stimmt?«

»Ich hab' so ein komisches Gefühl. Karl-Ludwig musst du nicht informieren, das tue ich selbst und obendrein rufe ich noch Dr. Lämmlein an.«

»Du kennst beide?«

»Guth besser als den anderen.«

»Nicht schlecht zu wissen, wenn ich einmal deine Hilfe brauche ...«

»... dann bekommst du sie jederzeit! Ist dir eigentlich noch irgend etwas Besonderes zu Huber eingefallen?«

»Gestern hatte ich nicht die Möglichkeit, dir Näheres zu erzählen. Eine Sache könnte noch interessant für dich sein. Ich habe seit einiger Zeit das Gefühl, dass meine Elternsprecherin, Ingrid Messerschmidt-Liebenstein, eine Affäre mit Huber hatte.«

»Messerschmidt-Liebenstein? Wer so einen Namen hat, der braucht keinen Spitznamen! Wie kommst du zu der Vermutung, dass sie ein Verhältnis mit Huber hatte?«

»Bei einigen Elternabenden, bei denen es um die Planungen ging, standen sie anschließend noch beisammen und machten mir einen sehr vertrauten Eindruck. Du solltest einmal mit ihr reden. Sie weiß vielleicht Dinge, die nicht jeder wissen kann. Zudem wird sie, wenn sie wirklich ein Verhältnis mit Huber hatte, gerne mit dir reden.

Ich glaube nicht, dass ihr Mann, der unglaublich cholerisch sein soll, begeistert wäre, wenn er davon erfährt.«

»Du bist ein kleines Luder, liebe Miriam!«

»Aber nur manchmal, sonst bin ich eigentlich ein zahmes Kätzchen.«

»Das soll ich dir glauben?«

»Das musst du mir glauben, da du das Gegenteil noch überhaupt nicht beweisen kannst. Wirst du mit ihr sprechen?«

»Ich werde es zumindest versuchen. Wobei mir gerade im Moment schönere Dinge einfallen würden, als meine Zeit mit Elternsprecherinnen zu vergeuden.«

»Wie soll ich das verstehen?«

»Vielleicht wäre es besser die Beweise zu sammeln, die ich brauche, um eine zahme Katze von einem kleinen Luder zu unterscheiden.«

»Ja, mein Lieber, manchmal kann einem die Arbeit leider im Wege stehen.«

»An Dienstagen ist es aber nicht nur die Arbeit, sondern auch mein besonderes Vergnügen.«

»Ach ja, du musst ja mit deinen Freunden dem Ball nachjagen und das Runde im Eckigen versenken. Halt dich nur fit, denn ob Luder oder Katze, Mann braucht Kondition!«

»Dann aber nichts wie hin ins Training, damit zumindest die Fitness stimmt.«

Die Zeit mit Miriam verging wie im Fluge. Es war bereits kurz vor achtzehn Uhr. Nun musste es aber schnell gehen, denn in einer Stunde war Fußball spielen angesagt. Wir zahlten. Sie zeigte Verständnis aber auch ein bisschen Bedauern, aber ich hatte es ihr am Morgen bereits angekündigt, dass dieser Termin fast unumstößlich ist. Auf dem Nachhauseweg war deutlich zu bemerken, dass der Sturm ein wenig nachließ. Auch der Regen gönnte sich eine Pause. Wenn wir Fußball spielen wollen, dann hat sogar Petrus ein Einsehen. Kurz vor halb sieben setzte ich Miriam im Westring ab. Sie küsste mich auf beide Wangen. Ihr Duft und ihre zarten Lippen waren betörend. Die Art und Weise, wie sie sich mir näherte, und der glänzende Ausdruck in ihren Augen verrieten mir, dass bei uns leichte Funken sprühten. Jetzt nichts wie weg, sonst gibt es keine Bewegung auf dem grünen Rasen.

»Morgen früh hol' ich dann die Bodenproben.«

»Ich freue mich jetzt schon, dich zu sehen.«

»Das Gefühl besteht auch auf meiner Seite.«

Kurz nach halb sieben waren bereits meine Sportsachen gepackt und ich war auf dem Weg zum Sportplatz. Bei meiner Ankunft fünf vor sieben war ich bereits der Letzte. Nach dem üblichen Händeschütteln und einer viel zu kurzen Aufwärmphase, die zur Folge hatte, dass immer häufiger Muskelzerrungen bei uns alten Männern anfielen, teilten wir die zwölf anwesenden Schlechtwetterfußballer in zwei Mannschaften und spielten über das halbe Feld. Durch den permanenten Regen war der Rasen unheimlich schnell geworden. Da wir nicht mehr so schnell waren, aber dennoch über einen kräftigen Schuss verfügten, waren viele Steilpässe nicht zu erreichen. In der ersten halben Stunde war die Torausbeute deshalb nicht so üppig. Die gegnerische Mannschaft stellte sich zuerst auf die Platzverhältnisse ein. Ein ums andere Mal schickte HG Georg W., der noch der schnellste war, auf den Weg und wir lagen ruck zuck mit 0:5 hinten. Jetzt galt es, durch geschicktes Stellungsspiel die Räume vor dem eigenen Tor eng zu machen und auf Konter zu setzen, da die anderen sichtlich Oberwasser hatten und leichtsinnig wurden. Mit vier Mann belagerten sie das Tor und schafften es nicht durchzukommen. Unsere Taktik machte sich bezahlt. Paul sah sich öfter als ihm lieb war in Eins-gegen-Eins-Situationen und langsam kämpften wir uns wieder heran. Harry hämmerte mit seinem rechten Außenrist Paul die Bälle um die Ohren. Amando und Andy verteidigten das Tor vor Karl mit aggressiven Tacklings. Ich selbst konnte mich häufiger als in der Anfangsphase über die rechte Seite durchsetzen und gefährliche Flanken vor Pauls Tor schlagen. Willi, der Kopf des gegnerischen Spiels, brachte keine Ordnung mehr in seine Reihen. Die Pässe von HG fanden Georg W. nicht mehr und nach einer Stunde stand es aus unserer Sicht 5:6. Nach dem schnellen Rückstand hatten wir uns erholt, nun wollten wir gewinnen. Es fing wieder an zu regnen. Fritz-Walter-Wetter war für uns Grobmotoriker nicht das ideale, doch der Ehrgeiz hatte uns gepackt. Ein doppelter Doppelpass zwischen Harry und Amando, der mit einer Direktabnahme von Letzterem abgeschlossen wurde, brachte den Ausgleich. Das Wetter wurde immer ungemütlicher und das nächste Tor sollte über Sieg und Niederlage entscheiden. Die gegnerische Mannschaft raffte sich noch einmal auf. Willi brachte auf der linken Seite HG ins Spiel, der direkt zu Georg W. passte. Dieser ließ den Ball abprallen und Willi hatte nur noch Andy vor sich. Wie so häufig reichte es ihm nicht, den Gegner einmal zu umspielen, er machte zwei Drehungen zu viel, kam in eine ungünstige Schussposition, konnte nicht mehr abspielen und zog einfach ab. Durch eine plötzliche Windböe veränderte der Ball seine Flugbahn und Karl musste mit letztem Einsatz den Ball aus dem Winkel kratzen. Der abgewehrte Ball landete direkt im Lauf von Amando, der schob den Ball in die Mitte, wo Harry ihn direkt nach rechts weiterleitete. Der Ball wurde immer schneller, doch kurz vor der Torauslinie konnte ich ihn noch erreichen und eine genial getimte Bananenflanke beförderte den Ball auf Harrys Scheitel und von dort, wie ein Torpedo, neben den Pfosten ins Tor. Paul war machtlos, Willi schüttelte den Kopf, Georg W. schrie laut »blöder Mist« und HG sank in die Knie. Wir gratulierten uns und anschließend gingen alle zusammen friedlich und letztlich zufrieden in die Kabine. Nächste Woche konnte es schon wieder umgekehrt ausgehen. Der Spaß am gemeinsamen Spiel war größer als der absolute Siegeswillen. Auch gab es selten böse Worte oder schlimme Verletzungen. Deshalb zogen wir unser Freizeitgekicke auch jedem aktiven AH-Spielbetrieb vor, da dort unsere Philosophie nicht alltäglich ist, sogar eher belächelt werden würde.

In der Kabine ließen wir erst einmal das Spiel Revue passieren, dann freuten wir uns, dass die Duschen heiß waren. Üblicherweise war es so, dass im Sommer die Duschen heiß und im Winter eiskalt waren. Heute hatten wir Glück – es war ja auch erst Herbst.

Gegen halb zehn Uhr saßen wir alle in unserer Kneipe. Jeder bestellte sich ein Bier, einige aßen auch eine Kleinigkeit. HG, der gestern nicht anwesend war, meinte nach einer kurzen Zeit: »Harry hat mir erzählt, du hättest einen neuen Fall, bei dem ich dir behilflich sein soll. Du hast eine Bodenanalyse, die, wie Andy mir mitgeteilt hat, nicht ganz in Ordnung sein kann.«

HG hatte mir bei der Aufklärung meines letzten Falls tüchtig geholfen. Er ist Chemiker und arbeitet in einem Weinlabor bei Neustadt. Damals hat er für mich einige Weine untersucht, die nicht ganz astrein waren. Gleichzeitig lernte er auf einem Weinfest eine norddeutsche Touristin kennen und lieben. Nach einem gemeinsamen Urlaub und noch ein paar weiteren Wochen kamen die beiden zum Ergebnis, dass eine Beziehung über 500 Kilometer keine Zukunft habe. Schweren Herzens trennten sie sich und sind nun auf Ewigkeit gute Freunde. Da HG aber nun Blut geleckt hatte, dauerte es nicht lange und er lernte eine neue Frau kennen. Sie war zwar um einiges jünger als er, doch HG brauchte sich auch nicht vor Dreißigjährigen zu verstecken, denn er ist topfit. Dies liegt natürlich auch an unserem gemeinsamen Fußballspiel. Auf alle Fälle war er seitdem ausgeglichener und deutlich seltener bei den Kneipenabenden.

»Es ist richtig«, gab ich ihm zur Antwort, »dass ich deine Hilfe benötige. Zum einen wäre ich dir dankbar, wenn du herausbekommen könntest, welches Labor die Analyse erstellt hat, und zum anderen werde ich dir morgen einige Bodenproben bringen, die du auf Verunreinigungen überprüfen sollst.«

»Beides kein größeres Problem. Es wird langsam Zeit für dich darüber nachzudenken, wo du in deinem Büro den Schreibtisch für mich hinstellst. Jedes Mal, wenn du einen größeren Fall hast, brauchst du spezielle Analysen von mir.«

»Und wenn ich kleine Fälle habe untersuchst du Katzenpipi, damit ich die Spuren in den Parks besser verfolgen kann, und Spermareste auf Matratzen, um untreue Ehemänner zu überführen. Das ist doch eine klasse Vorstellung.«

»Na ja, ich glaube, ich bleibe doch besser in meinem Labor.«

Harry schaltete sich in das Gespräch ein.

»Hast du Neuigkeiten?«

»Ja, ich war heute Vormittag bei Schacher, um mich nach einer Wohnung zu erkundigen.«

Als Amando den Namen Schacher hörte, unterbrach er das Gespräch mit Willi und Paul.

»Warum gehst du zu Schacher, wenn du eine Wohnung suchst? Und überhaupt, warum erfahre ich das als Letzter? Willst du mit mir keine Geschäfte machen?«

Amandos Empörung war verständlich.

»Dir hat noch niemand erzählt, an was für einem Fall ich arbeite?«

»Welcher Fall? Was hat das mit Schacher zu tun?«

»Du weißt, dass Huber vom Bauamt tot ist?«

»Ich habe davon gelesen. Arbeitest du an dieser Sache? Dann ist der Weg zu Schacher wirklich gut nachzuvollziehen. Der Dreckskerl kungelt schon seit Jahren mit Huber. Praktisch hat kein anderer Makler eine Chance, städtische Liegenschaften zu erhalten, denn Schacher bekommt immer den Zuschlag.«

»Kannst du dich einmal erkundigen, wie die Sache mit dem Gelände des Kindergartens in der Ile de France lief? Denn ich vermute, dass die Geschichte mit diesem Objekt zusammenhängt!«

»Das ist keine Frage, ich tue mein Möglichstes. Du suchst also keine Wohnung?«

»Nein, ich suche keine Wohnung.«

»Es wäre aber möglich gewesen. Mein Bruder hat dich heute mit einer Schwarzhaarigen im Auto gesehen und mich schon gefragt, wann du heiratest.«

Von meinem Fall hat er nichts mitbekommen, aber wenn eine Frau im Spiel ist, sind die Italiener gleich informiert. Nicht einmal ein kurzes Stück mit dem Auto durch die Stadt, selbst durch abgelegene Nebenstraßen, schon ist man Stadtgespräch und Objekt von Spekulationen.

»Ich mit einer Schwarzhaarigen? Da muss sich dein Bruder aber getäuscht haben.«

»Wieso getäuscht«, warf Andy von der Seite ein, »ich brauche die Aussage seines Bruders nicht, ich habe dich nämlich auch gesehen!«

»Ihr leidet an kollektiven Halluzinationen. Ihr wollt mich einfach mit einer Frau gesehen haben.«

»Red keinen Quatsch, wer ist die Holde?«

»Also gut, die Frau ist eine gewisse Miriam Engel. Sie ist Erzieherin in der besagten Kita und ich war rein dienstlich mit ihr unterwegs.«

»So, so, rein dienstlich«, zwinkerte Amando mich an, »und für wen hast du die Zutaten für das große Menü bei meinem Vater bestellt?«

»In dieser verdammten Stadt ist es wie bei Big Brother, everybody is watching me! Wenn es etwas zu erzählen gibt, dann werdet ihr es als erste erfahren!«

Sie gaben sich zunächst mit dieser Aussage zufrieden. Bis auf Karl – den ich schon dreißig Jahre lang kenne –, der mir jede Schwindelei am Gesicht ablesen kann. Er schaute mir tief in die Augen und war sofort informiert. Als guter Freund schwieg er.

Ich hatte HG und Amando, jeweils in ihrem Fachgebiet, auf eine Fährte gesetzt. Die anderen, allen voran Andy, der ebenfalls aus der Baubranche stammt, würden mir auch jede Hilfestellung geben, doch im Detail ermitteln musste ich selbst. Der nächste Tag versprach viel Arbeit und zum Abschluss noch etwas Vergnügen. Am Morgen musste ich Becker von meinen Fortschritten informieren, Bodenproben vom Kitagelände holen und nach Neustadt bringen. Am Nachmittag hatte ich dann den Termin mit Schacher in der Wohnung und ich sollte Ingrid Messerschmidt-Liebenstein anrufen, um mich mit ihr zu treffen. Der heutige Tag hatte einiges ins Rollen gebracht, inklusive meinem Rendezvous mit Miriam.

Mittwoch, 12. Oktober

In der Nacht wurde der Herbststurm wieder heftiger. Rollläden knallten und der Regen prasselte wieder an die Fenster. Sollte das Wetter denn nicht besser werden? Wie war es denn mit dem goldenen Herbst in der Pfalz? Morgen sollte das Fest des Federweißen beginnen, das absolute kulturelle Highlight der Stadt, und es stürmte und regnete in Strömen. Wenn ich mich aber so recht erinnere, dann regnete es zum Fest des Federweißen sehr oft, aber Regenwetter war allemal besser als sommerliche Temperaturen. Früher gab es allerfrühestens ab Mitte September neuen Wein, heute bekommt man die Brühe schon ab Mitte August. Kaum vorzustellen, das trübe Zeug bei 30 Grad zu trinken. Den Winzern ist es egal und es gibt genügend Geschmackslegastheniker, denen warmer Neuer bei heißem Wetter nichts ausmacht. Doch von heißem Wetter waren wir zurzeit weit entfernt.

Nach der zweiten Tasse Kaffee wählte ich die Nummer von Becker, gespannt darauf zu erfahren, was er in den letzten Tagen ermittelt hatte. Es klingelte nur zwei Mal, dann war Becker schon am Apparat.

»Polizeidirektion Landau, Kommissar Becker.«

»Detektivbüro Sturm, Sturm. Sie sind ja überhaupt nicht unterwegs, um den Mord an Huber zu klären. Vom Bürotisch aus kann man nicht viel erreichen oder denken Sie, ich mache Ihre ganze Arbeit?«

Ich hoffte, der Kommissar würde meinen kleinen Spaß verstehen, doch ich täuschte mich. Mit erhobener Stimme antwortete der staatliche Ermittler.

»Lassen Sie diesen Blödsinn. Es wird langsam Zeit, dass Sie sich melden. Haben Sie etwas herausgefunden?«

»Langsam, langsam«, fiel ich ihm ins Wort, »wie wäre es, wenn Sie einmal mit ihren Ergebnissen beginnen.«

»Ergebnisse? Ich bin keinen Schritt weiter gekommen!«

»Sind Sie deshalb so gereizt? Mit wem haben Sie denn gesprochen?«

»Ich war gestern bei Schacher. Einmal davon abgesehen, dass er mich wie ein Stück Dreck behandelt hat, als ich ihm sagte, dass er unter Mordverdacht stehe, hat er mir gleich ein lupenreines Alibi präsentiert. Er war während der Mordzeit auf einem Kongress in Hamburg. Seine Sekretärin bestätigte mir das sofort, denn sie war ebenfalls dabei. Er gab mir die Adresse des Veranstalters, bei dem ich nachfragen sollte, ob er teilgenommen hatte oder nicht. Er war sich seiner Sache so sicher, dass es ihn sogar kalt ließ, als ich ihn darauf aufmerksam machte, dass man einen Mord auch in Auftrag geben könne. Sein einziger Kommentar war, ich solle ihm die Anstiftung nachweisen, dann könnten wir wieder miteinander sprechen. Ansonsten solle ich mich an seinen Anwalt Schlickenried halten, der ihn in allen Angelegenheiten vertrete.«

Schlickenried oder der Habicht. Der gewiefte und bekannteste Advokat der Stadt war mir durch meinen letzten Fall wohl bekannt, denn er war auch der Anwalt der Wingerters.

»Überall, wo viel Geld zu verdienen ist und die Fälle im halblegalen Milieu spielen, taucht dieser Winkeladvokat auf.«

»Winkeladvokat? Der Mann hat den besten Ruf in seiner Zunft. Aber die Reputation von irgend einem Anwalt ist nicht unser Problem. Unser Problem ist, dass wir an diesen Mistkerl Schacher nicht herankommen.«

»Sie kommen nicht an ihn heran, ich bin schon an ihm! Ich habe ihn gestern getroffen und habe heute Nachmittag einen Termin mit ihm.«

»Einfach so?«

»Nein, natürlich nicht einfach so. Ich habe vorgegeben, dass ich eine Wohnung suche. Heute zeigt er mir eine in der Ile de France. Ich habe gestern schon einige Andeutungen gemacht und heute fühle ich ihm etwas fester auf den Zahn.«

»Welche Andeutungen? Was wissen Sie schon wieder, wovon ich nichts weiß?«

»Ich habe zwar noch keine endgültigen Beweise, doch es bestehen Verdachtsmomente, dass das Gelände der Kita durch die frühere Nutzung verseucht ist. Wenn ich Genaueres weiß, werde ich Sie darüber informieren.«

»Verseucht, das wäre ja ein Hammer! Wie sind Sie denn auf diese Spur gekommen?«

»Das tut nichts zur Sache. Des Weiteren würde ich Ihnen raten, nochmals mit dem stellvertretenden Bauamtsleiter, Herrn Schwarz, zu sprechen. Wenn Sie ihm klar machen, dass Sie mit mir gesprochen haben, dann erzählt er Ihnen vielleicht etwas über das Verhältnis zwischen Huber und Schacher. Das klärt nicht gleich den Mord auf, aber ihre Kollegen vom Betrugsdezernat wären Ihnen dankbar. Soviel für heute, ich habe meine Hausaufgaben gemacht.«

»Ihnen steht ja auch nicht der Sheriffstern auf der Stirn. Jetzt sehen Sie einmal wie schwer wir es manchmal haben.«

»Gehen Sie doch zum Ordnungsamt, dort haben Sie jeden Tag ihre Erfolgserlebnisse. Ich glaube ihre Kolleginnen und Kollegen von der Hilfspolizei bekommen bei jedem Knöllchen, das Sie ausstellen, ein unvergleichliches Hochgefühl, und diese Emotion geben sie dann abends mit der Tagesabrechnung an den städtischen Kämmerer weiter.«

»Mensch, Sturm, die machen doch auch nur ihren Job.«

»Na ja, wenn man nichts anderes gelernt hat! Lassen wir das Thema. Für mich ist es wichtig, dass Sie wissen, dass ich um vierzehn Uhr einen Termin mit Schacher habe. Übrigens, wussten Sie, dass Huber ein Verhältnis mit einer Frau Messerschmidt-Liebenstein gehabt haben soll?«

»Nein, davon habe ich nichts gehört.«

»Mit dieser Frau werde ich, wenn ich sie erreiche, auch ein paar Takte sprechen. Vielleicht bringt sie mich auf eine neue Spur. Also, bis bald.«

Wir legten auf. Die Ermittlungen von Becker waren wirklich nicht berauschend. Doch im letzten Sommer hatte ich mich auch in dem tüchtigen Kommissar getäuscht. Er war immer für eine Überraschung gut.

Ich suchte mein Telefonbuch und als ich es gefunden hatte, schlug ich es unter M auf. Messerschmidt, Dr. Jürgen, Architekturbüro in der Marktstraße. Das musste das Büro ihres Mannes sein, dachte ich mir. Eine Zeile darunter stand Messerschmidt, Dr. Jürgen und Messerschmidt-Liebenstein, Ingrid wohnhaft Im Lazarettgarten. Das war's. Ich schrieb mir die Nummer auf und legte das Telefonbuch beiseite. Nach dem dritten Klingeln meldete sich eine blasse Frauenstimme.

»Hallo, wer spricht?«

»Bin ich mit Frau Messerschmidt-Liebenstein verbunden?«

»Wer will das denn wissen?«

»Jemand, der eine Frage gestellt hat und keine Frage als Antwort verträgt!«

»Hier ist Ingrid Messerschmidt-Liebenstein, mit wem spreche ich?«

»Meine Name ist Sturm, Philipp Sturm. Ich ermittle in der Mordsache Huber. Frau Engel hat mir gesagt, dass Sie als Elternsprecherin der neuen Kindertagesstätte des Öfteren beruflich mit Herrn Huber zu tun hatten. Ich würde mich gerne mit Ihnen treffen und Ihnen ein paar Fragen stellen. Wäre das heute möglich, denn ich habe eine randvollen Terminkalender?«

»Wenn es wichtig ist für Sie. Wann haben Sie sich vorgestellt, mit mir zu sprechen?«

»Wenn es möglich wäre, so gegen dreizehn Uhr?«

»In Ordnung, kommen Sie vorbei. Sie wissen, wo Sie mich finden?«

»Natürlich, ich bin doch Ermittler! Bis heute Mittag.«

Es war bereits kurz vor halb elf Uhr. Ich ging zum Briefkasten, um meine Post zu sondieren, und in den Keller, um in meinem Büro den Anrufbeantworter abzuhören. Weder die Post noch der AB gaben etwas Sinnvolles her. Als ich im Keller am Schreibtisch saß, nahm ich mir vor, nach Abschluss des Falls wieder ans Tageslicht zu ziehen. Ein zweiter gelöster Mordfall wäre meinem Büro für private Ermittlungen bestimmt nicht abträglich. Eigentlich waren mir auf Dauer Katzen zuwider. Zudem sollte ich meinen Ermittlungsradius ausweiten und entsprechende Inserate in den Großräumen Mannheim und Karlsruhe schalten. Nach einer Stunde hatte ich meine Überlegungen abgeschlossen und machte mich auf den Weg zur Kita, um die Bodenproben zu entnehmen. Anschließend konnte ich mit der Messerschmidt sprechen, dann Schacher auf den Zahn fühlen, nach Neustadt fahren, um HG die Proben zu bringen, und schließlich die Einkäufe für das Essen mit Miriam tätigen.

In der Stadt liefen langsam die Gullys über, die Wassermassen der letzten Tage waren für die Kanalisation zu viel. An allen Ecken und Enden sah man Anwohner, die ihre Keller auspumpten, ab und zu hörte man auch das Martinshorn der freiwilligen Feuerwehr. Land unter in Landau. So etwas hatte es seit Jahrzehnten nicht mehr gegeben. Die Krönung am heutigen Tag sollte laut Wetterbericht ein heftiges Gewitter am Abend werden. Wegen der vielen Wolken konnte nicht gesagt werden, ob das Gewitter aus dem berüchtigten Weißenburger Loch kommt, woher die größten Unwetter kommen. Andere Gewitter bleiben am Pfälzerwald, in Neustadt oder am Rhein hängen, doch von Südwesten gibt es keine Hindernisse.

Ich erreichte die Kita in einer guten viertel Stunde. Der Verkehr hatte wahrscheinlich wegen des Wetters merklich abgenommen. Ich stieg aus meinem Alfa, in dem sich auch schon kleine Pfützen bildeten, und ging durch den

Haupteingang. Im Flur kam mir Herr Meier – Pumuckel Meier – entgegen. Als er mich sah, beschleunigte er seine Schritte, wandte sein Gesicht zur Wand und huschte eileschnell an mir vorbei. Ich konnte ihm nur noch nachrufen. »Guten Tag, warum laufen Sie denn so schnell. Ich wollte noch ein paar Worte mit Ihnen wechseln. Herr Meier! So bleiben Sie doch stehen. Ich habe mit einigen Kollegen ihren Fall erörtert ...«

Die Tür der Kita flog ins Schloss. Kurz darauf wurde sie wieder aufgerissen und Herr Meier schnappte sich in Windeseile einen Regenschirm, ich nehme an, seinen eigenen, der neben der Tür stand, und verschwand so schnell, wie er aufgetaucht war. Grinsend betrachtete ich das Schauspiel, als eine wohl bekannte Stimme hinter mir meinte: »Guten Tag, Herr Sturm. Wenn du noch öfter in meine Kita kommst, dann werden garantiert einige Kinder abgemeldet und einige Elternteile gehen in Therapie.« Wieder gab es die berauschenden Küsse auf die Wange. Wie sollte man da ernsthaft arbeiten.

»Guten Morgen, Miriam, deine Kundschaft ist wirklich putzig. Einmal ein ernsthaftes Gespräch, dann gehen sie einem flugs aus dem Weg.«

»Der Arme hat scheinbar ein Trauma davongetragen.«

»Er ist eben nicht sehr belastbar.«

»Du bist aber nicht wegen meiner Elternteile hier, du willst doch die Proben holen?«

»Natürlich! Können wir aufs Außengelände gehen?«

»Hast du Badesachen dabei oder eine Taucherausrüstung? Draußen ist alles klatschnass und der halbe Spielplatz ist überschwemmt.«

»So kommt zumindest niemand auf die Idee rauszugehen. Sollen wir?«

»Ich zeige dir, wo du hin musst. Weißt du, an welchen Stellen du Proben nehmen musst?«

»Ääh, gute Frage.«

Ihre Küsse hatten mich verwirrt. HG hatte mir doch bereits erklärt, wie ich Bodenproben entnehmen musste, damit einigermaßen sichere Ergebnisse zu erzielen sind. Natürlich konnte ich keine Tiefenbohrungen vornehmen, doch bereits an der Oberfläche und einige Spatenstiche tiefer waren relativ überzeugende Schlüsse zu ziehen. Dabei war zusätzlich zu beachten, dass ich verschiedene Stellen auswählen musste. Der Gedanke bereitete mir keinen Spaß, denn ich sah mich schon mit dem Spaten Löcher graben und knietief im Matsch stehen. Doch es musste sein, denn sonst wäre nichts zu beweisen. Ein wenig mehr Konzentration, Herr Meisterdetektiv, lass dich nicht von dieser bezaubernden Frau aus dem Konzept bringen!

»Hast du vielleicht einen Spaten, Gummistiefel, einen Ostfriesennerz und eine warme Dusche im Haus, denn ich muss deinen Garten umgraben.«

Miriam lächelte mich an.

»Du musst wohl Proben aus verschiedenen Tiefen nehmen? Weißt du, das hier war vor Tagen noch eine Baustelle. Gleiches gilt auch für das Außengelände, dort sind hinten links noch ein paar Gruben, die vom Bagger ausgehoben wurden und die in dieser Woche verschwinden sollten. Das war aber bei diesem Wetter nicht möglich.«

Meine Miene heiterte sich wieder auf, ich konnte also

auf vorhandene Löcher zurückgreifen. Miriam gab mir eine Schaufel. »Ich nehme an, du hast nichts dabei, wo du die Proben unterbringen kannst?«

Mein Gesicht wurde leicht rot. So ein Mist, hatte ich tatsächlich nichts dabei? Die Verwirrung fing wieder an. In Miriams Gegenwart zu arbeiten war ganz schön schwierig. Wieso ging die Frau davon aus, dass ich mein Handwerkszeug vergessen habe? Normalerweise habe ich mein notwendiges Material dabei. Hat sie gemerkt, dass ich mich in sie verguckt hatte? Wirkt man in solchen Situationen etwas schludriger als normal? Könnte sein!

»Natürlich habe ich alles dabei. Es liegt alles noch draußen im Kofferraum. In meiner Eile sind die Behälter liegen geblieben. Da ich nur an dich dachte, konnte ich nicht auch noch an die Gefäße denken.«

»Süßholzraspler! Denken ist Glückssache und überhaupt sollte man es den Pferden überlassen, denn die haben größere Köpfe. Also los – graben!«

Die Frau gefiel mir immer besser. Sie war durchaus in der Lage, mich ernsthaft von Vibke abzulenken. Nachdem ich aus dem Kofferraum meines Wagens die Gefäße für die Bodenproben geholt hatte, ging es auf das Außengelände. Nach einer guten halben Stunde hatte ich die Proben zusammengeschaufelt. Ziemlich nass geworden und mit total verschlammten Schuhen kam ich zurück in die Kita. Die Bodenproben waren gut verpackt. Nun stand wieder ein schwerer Abschied an, denn ich musste unbedingt noch einmal nach Hause meine Kleider wechseln. Die Zeit reichte genau, um gegen dreizehn Uhr bei Frau Messerschmidt-Liebenstein zu sein.

»Ciao Miriam, bleibt es bei acht Uhr heute Abend?«

»Wenn hier alles in Ordnung ist, ja. Ich muss nämlich als letzte gehen und bei dem Dreck, den du von draußen reingeschleppt hast, braucht unsere Reinigungskraft zwei Stunden länger als sonst!«

»Ooh!«, ich schaute hinter mich und es sah aus, als ob der »Schleimer« aus Ghostbusters durch den Flur gelaufen wäre. »Ich werde es mit einem raffinierten Aperitif wieder gutmachen.«

»Versprochen?«

»Versprochen!«

»Nur ein Aperitif ist aber ein bisschen wenig. «

»Wer weiß, was ein schummriger Abend noch alles bringt?«

»Du willst mich doch nicht verführen? Oder?«

»Lass dich überraschen!«

»Also dann, bis acht Uhr. Ich freue mich jetzt schon auf deine Überraschung!«

»Jetzt bin ich wohl in Zugzwang?«

»Sozusagen!«

Ich packte die Proben in den Kofferraum, befestigte sie und düste nach Hause, um mich umzuziehen. Unterwegs gingen mir viele Dinge durch den Kopf. Einerseits beschäftigte mich der Mord an Huber und die Hintergründe, andererseits überwältigten mich die Gefühle für die außergewöhnliche Erzieherin. Was würde passieren, wenn das Kindergartengelände tatsächlich vergiftet wäre? In diesem Fall hätte nur Schacher Interesse am Tod Hubers. Bekam der Bauamtsleiter kalte Füße, weil er von der Verseuchung wusste? Wollte er den Schwindel auffliegen lassen oder hat er Schacher erpresst? Fragen über Fragen und die Antworten waren noch fern. Da war es zumindest beruhigend, dass die Romanze mit Miriam ihren Weg ging. Es war ihr deutlich anzumerken, dass sie nicht uninteressiert war. Nun gut, wenn mir bereits fremde Menschen ansahen, dass ich mich wieder um die Frauenwelt kümmern sollte, dann durfte ich meine Umgebung nicht enttäuschen.

Kurz nach dreizehn Uhr stand ich vor dem Haus der Messerschmidts im Lazarettgarten – fast pünktlich. Vor der Eingangstür unter dem schützenden Vordach klingelte das Handy.

»Sturm!«

»Das weiß ich, bereits die ganze Woche.«

»Hallo, Karl-Ludwig, heute morgen einen Clown gefrühstückt?«

»Du warst leider nicht greifbar.«

»Sollte ich?«

»Seit zwei Tagen habe ich nichts mehr von dir gehört! Wofür bezahle ich überhaupt!«

»Habe ich dir nicht gesagt, ich melde mich, wenn ich etwas erreicht habe?«

»Nein, das hast du nicht.«

Karl-Ludwig klang etwas beleidigt. Das tat mir in der Seele schon ein wenig weh, doch hatte ich mich gleich wieder gefangen.

»Pass auf, ich habe heute noch zwei wichtige Gespräche, die etwas Licht ins Dunkel bringen können. Morgen im Laufe des Tages bekomme ich zudem noch nähere Hinweise zu einer weiteren Spur, die ich verfolge. Dazu möchte ich dir aber noch nichts sagen, da es bislang nur Vermutungen sind, denen ich hinterherlaufe. Falls diese Vermutungen nicht zutreffen, würde ich dich nur unnötig beunruhigen. Was hältst du davon, wenn ich mich morgen um achtzehn Uhr mit dir treffe?«

»Morgen ist die Eröffnung des Festes des Federweißen. Das macht zwar in diesem Jahr der OB, aber ich sollte auch dabei sein.«

»Ist doch prima. Dann treffen wir uns auf dem Fest, trinken einen Schoppen und ich raune dir die Neuigkeiten zu. Das schaffen wir schon, ohne dass jemand Verdacht schöpft. Ich werde noch ein paar Worte mit dem OB sprechen, die Fraktionsvorsitzenden begrüßen und den Abgeordneten schön die Patschhand geben, dann fällt unser Gespräch überhaupt nicht auf.«

»Wenn du meinst. Ich verlasse mich auf deine Professionalität. Bis morgen.«

»Das kannst du. Bis morgen, Karl-Ludwig.«

Fast gleichzeitig mit dem Ende unseres Gesprächs öffnete sich die Haustür. Eine rothaarige Frau mit blendender Figur, um die vierzig, blitzte mich ungeduldig und missmutig an.

»Sind Sie Sturm? Wenn ja, was ich glaube, dann ist es nicht sehr freundlich, um dreizehn Uhr einen Termin auszumachen, fünf Minuten zu spät zu kommen und dann noch eine viertel Stunde vor meiner Haustür zu telefonieren. Ich dachte, das Gespräch mit mir sei Ihnen sehr wichtig?«

»Ist es auch, Frau Messerschmidt-Liebenstein, doch ich bin leider etwas nass geworden, so dass ich noch einmal nach Hause musste und gerade vor Ihrer Haustür erreichten mich zwei wichtige Klienten. Es tut mir wirklich leid, dass ich Sie habe warten lassen.«

»Entschuldigung angenommen. Kommen Sie rein, bevor der Wind dreht und der Regen unter das Vordach peitscht.«

Als ich hinter ihr herlief, musterte ich ihre perfekten Rundungen, die durch eine enge rote Stoffhose noch besser zur Geltung kamen. Huber hatte Geschmack bewiesen, wenn er tatsächlich ein Verhältnis mit der Dame gehabt hatte. Ihre Oberweite, für meinen Geschmack zu üppig, wippte unter einer schwarzen Seidenbluse. Huber war, wenn es stimmen sollte, eher für Handfestes. Nach wenigen Metern erreichten wir das Wohnzimmer.

»Möchten Sie etwas trinken?«

»Wenn Sie einen Tresterbrand für mich hätten, könnte ich mich damit anfreunden. Bei diesem Wetter muss man mit allen Mitteln vorbeugen und Tresterbrand ist hervorragend gegen Grippe.«

»So, so. Ich bringe Ihnen einen.«

Sie ging aus dem Zimmer und ich hatte Zeit mich etwas umzusehen. Das, was ich sah, war vom Feinsten. Man merkte, dass sich hier ein Architekt verwirklicht hatte. Das Wohnzimmer war bis zum Giebel offen und zu achtzig Prozent verglast. Die Möbel waren zwar spärlich, doch exquisit. Der Raum gefiel mir fast noch besser als die Frau. Nach wenigen Minuten kam sie zurück. Ich beschloss spontan, ganz direkt zu sein. Sie sah so aus, als ob sie damit zurechtkäme.

»Frau Messerschmidt-Liebenstein, seit wann hatten Sie das Verhältnis mit Huber?«

»Takt ist nicht Ihre Stärke, Herr Sturm? Doch das macht mir nichts aus. Sie wissen also, dass ich mich mit Ewald, Entschuldigung, Herrn Huber, etwas besser als erlaubt verstanden habe?«

»Jetzt weiß ich es, bislang habe ich es auf Grund meiner Ermittlungen nur vermutet.«

»Ich bin Ihnen also auf den Leim gegangen. Nun gut, dann können wir offen und kurz miteinander reden. Ich nehme an, Sie sind diskret?«

»So diskret, dass mir sogar der Papst beichten würde!«

»Ewald und ich kannten uns bereits seit vielen Jahren. Mein Mann hatte regelmäßig beruflich mit ihm zu tun und deshalb war er auch einige Male bei uns zum Abendessen eingeladen. Wir fanden uns schon immer sehr sympathisch. Seit einem Jahr hatten wir dann auch beruflich miteinander zu tun. Er, als Bauamtsleiter, führte die Elternbeteiligung in der neuen Kita durch. Ich, als Elternsprecherin, war seine erste und dann später intime Ansprechpartnerin. Sie verstehen?«

»Glasklar!«

»Unser Zusammensein lief immer unter dem Vorwand, dass wir zuerst die Innenausstattung, später dann das Außengelände der Kindertagesstätte besprechen mussten. Meinem Mann gefiel, dass ich mich in seinem Metier bewegte, und er schöpfte keinen Verdacht, da er Huber nicht als Rivalen empfand. Sie müssen wissen, mein Mann ist sehr eifersüchtig. Da mein Mann weiß, dass solche Besprechungen lange dauern können, hatten Ewald und ich viel Zeit. Schon seit Jahren läuft zwischen meinem Mann und mir nicht mehr viel. Meine Liebe zu ihm ist erkaltet. Mit Ewald war das ganz anders. Er war sehr liebevoll und hatte immer Verständnis für mich. Im Laufe der Zeit entwickelte sich ein tiefes Vertrauensverhältnis. Ich leide sehr unter dem Verlust.«

Ich hörte mir die Geschichte an. Da ich häufig mit Ehebruch zu tun hatte, schockierte mich die Affäre in keiner Weise und die Liebesgeschichte interessierte mich nur am Rand. Das andere, das ich gleich erfahren sollte, war hochbrisant.

»Hat Ihnen Huber erzählt, dass er sich von jemandem bedroht fühlt? So wie Sie mir gerade erzählt haben, standen sie sich doch sehr nah.«

»Er sagte mir, dass er beim Gedanken an diesen Makler aus Herxheim, dessen Namen ich vergessen habe, ein ungutes Gefühl habe.«

»Der Makler heißt Schacher.«

»So, wie ich es zwischen den Zeilen verstand, haben die beiden Geschäfte miteinander gemacht. Diese Geschäfte können nicht legal gewesen sein, denn aus den Erzählungen meines Mannes wusste ich, dass dieser Schacher komischerweise sehr häufig Aufträge und Projekte von der Stadt bekam. Ewald äußerte oftmals auch, dass dieser Mensch ihn unter Druck setze. Er hat mir zwar keine Einzelheiten erzählt, aber er meinte er könne sich nicht gegen den Typen wehren. Er sagte, wenn ihm einmal etwas zustoßen sollte, dann soll ich der Polizei sagen, dass ihre Ermittlungen bei Schacher beginnen sollten. Er gab mir den Schlüssel eines Schließfachs am Bahnhof zur Verwahrung. Eindringlich ermahnte er mich, gut auf den Schlüssel aufzupassen. Bei mir, so Ewald, würde niemand nach etwas suchen. Er gab mir die Instruktion, den Inhalt des Schließfaches der Polizei zu übergeben. Seinen Andeutungen nach mussten es belastende Unterlagen gegen diesen – Schacher? – sein. Falls ihm nichts passieren sollte, waren diese Unterlagen seine Lebensversicherung. Das Dumme ist nur, der Schlüssel ist nicht mehr dort, wo ich ihn hingelegt habe, oder ich habe vergessen, wo er liegt. Manchmal habe ich kleine Gedächtnisprobleme.«

»Frau Messerschmidt-Liebenstein, Ihr Geliebter ist tot, er hat Ihnen gesagt, was Sie tun sollen, wenn ihm etwas zustößt und Sie haben noch gar nichts unternommen? Wie soll ich das verstehen?«

»Ich habe das Unglück noch lange nicht verkraftet, geschweige denn verarbeitet. Natürlich wäre ich zur Polizei gegangen, noch in dieser Woche. Zudem musste ich eine Lösung finden, dass mein Mann nichts davon erfährt.«

»Kann es sein, dass Ihr Mann den Schlüssel gefunden hat?«

»Bei meiner Unvorsicht ... könnte das sein.«

»Wenn nun Ihr Mann den Schlüssel gefunden hat, zum Schließfach ging und aus den Unterlagen herauslas, dass Huber und Schacher abgekartete Spiele treiben und er vielleicht sogar dadurch einen Nachteil gehabt hatte und zudem nun davon ausgehen könnte, dass Sie und Huber sich näher stehen, als er vermutete, könnte es dann möglich sein, dass er Huber erschossen hat?«

»Ausgeschlossen!«

»Sind Sie sich ganz sicher? Ich habe gehört Ihr Mann sei nicht gerade zimperlich.«

»Herr Sturm, jetzt bin ich ganz durcheinander. Ja, er ist manchmal ein bisschen grob, doch einen Mord traue ich ihm nicht zu. Ewald hat nur von diesem, wie haben Sie gesagt, Schacher gesprochen. Dass mein Mann damit zu tun hat, kann ich mir nicht vorstellen, auch wenn er oft frustriert war, weil dieser Makler mit seinem Architektenpartner die lukrativsten Geschäfte mit der Stadt abwickelte.«

»Frau Messerschmidt-Liebenstein, ich komme wohl nicht umhin, auch mit Ihrem Mann zu sprechen. Von unserem Gespräch wird er natürlich nichts erfahren. Wenn Ihnen noch Details einfallen, dann rufen Sie mich bitte an. Es könnte wichtig sein. Die Polizei werde ich Ihnen erst einmal vom Hals halten, da ich eng mit ihr zusammenarbeite. Geht das in Ordnung?«

»Ich hoffe, ich kann mich auf Sie verlassen!«

Ich trank meinen Trester aus und wollte mich gerade verabschieden, als ein weinendes Kind zur Tür hereinkam. Es war etwa fünf Jahre alt, hatte einen Schlafanzug an und eine Menge Pusteln im Gesicht. Die Pusteln schienen es sichtlich zu quälen. Frau Messerschmidt-Liebenstein wandte sich liebevoll an das schreiende Kind.

»Joscha, mein Kleiner. Jucken die Windpocken wieder so schrecklich? Ich werde gleich Dr. Bügner anrufen, dass er vorbeikommt und nach dir schaut. Du musst jetzt wieder ins Bett, sonst erhöht sich dein Fieber wieder.«

Das Kind schmiegte sich in die Arme seiner Mutter, die einen sehr besorgten und verzweifelten Eindruck machte. Doch bei Dr. Bügner war sie gut aufgehoben, das wusste ich, denn er war auch mein Hausarzt.

»Herr Sturm, Sie sehen, ich muss den Kleinen wieder ins Bett bringen. Er hat schon seit vielen Tagen diese unsäglichen Windpocken und leidet sehr darunter. Es hat ihn unverhältnismäßig hart erwischt. Sie finden den Ausgang alleine. Wir hören voneinander.«

Frau Messerschmidt-Liebenstein verschwand mit dem Kind und ich verließ das Haus mit vielen neuen Erkenntnissen. Ich machte mich auf den Weg zur Wohnungsbesichtigung, die nach meinem eben geführten Gespräch spannend zu werden versprach.

Gerade wollte ich den Alfa starten, da rumorte das Handy schon wieder. Ich schaute auf das Display und erkannte die 13-0, nochmal die Stadtverwaltung.

»Sturm, private Ermittlungen. Was kann ich für Sie tun?«

Hallo, Herr Sturm, hier ist Dr. Lämmlein. Wie steht denn unsere Sache?«

»Herr Oberbürgermeister Dr. Lämmlein, das war aber Gedankenübertragung. Gerade dachte ich an Sie und hätte Sie in den nächsten Minuten angerufen. Mit unserer Sache steht es sehr gut. Ich kann Ihnen jetzt schon sagen, dass der Mord an Huber mit Sicherheit mit dem neuen Kindergarten zu tun hat. Kennen Sie den Makler Schacher?«

»Natürlich, er ist ein großer Investor in Landau. Warum fragen Sie?«

»Er spielt in unserem Fall eine nicht unerhebliche Rolle. Es könnte sein, dass Ihnen vielleicht ein großer Investor verloren geht. Alles deutet darauf hin.«

»Hat er mit dem Mord an Huber zu tun? Jetzt machen Sie mich neugierig.«

»Ihre Neugier muss noch warten. Bis morgen habe ich detailliertere Hinweise für Sie. Solange nichts hundertprozentig zu beweisen ist, sollte nicht spekuliert werden. Aber seien Sie sich sicher, Sie haben die Ermittlungen in die richtigen Hände gelegt. Ich gehe davon aus, dass Sie morgen das Fest des Federweißen eröffnen?«

»Ja, in diesem Jahr werde ich es wieder tun. Warum?«

»Ich dachte mir, bei dem ganzen Trubel fällt es nicht auf, wenn ich einige Sätze mit Ihnen wechsle. Sie wissen doch, einen Smalltalk mit den Fraktionsvorsitzenden hier, einen Smalltalk mit den Abgeordneten da, ein herzliches Hallo, wenn ich Ihren Kollegen Guth treffe, und so weiter. Eine bessere Situation kann ich mir gar nicht vorstellen.«

»Wenn Sie meinen, dann bin ich damit einverstanden. Ich bin schon sehr gespannt, bis morgen Abend.«

»Dann bis morgen Abend, Herr Dr. Lämmlein.«

Als ich vor dem alten Kasernengebäude ankam, war weit und breit kein Schacher zu sehen. Nach einigen Minuten dachte ich mir, dass Schacher vielleicht im Treppenhaus steht, weil es draußen zu windig und regnerisch war. Im Treppenhaus war niemand zu sehen. Die Wohnung, die ich mir anschauen sollte, befand sich im dritten Stock. Die Tür der Wohnung war verschlossenen. Was dann passierte, ging ziemlich schnell. Hinter mir polterten zwei Männer die Treppe herunter. Als ich mich erschrocken umdrehte, hatte ich schon eine Faust in der Magengrube. Ich ging in die Knie und spürte ein Knie auf meiner Brust. Mir blieb die Luft weg. Ein großer Mann hielt mich in seinen Fängen, die sich wie Schraubzwingen anfühlten. Er stank fürchterlich nach einem billigen Supermarktrasierwasser. Dieser Geruch alleine war schon Folter genug. Vor meiner Nase kreiste ein Klappmesser. An diesem Klappmesser befand sich eine Hand, die Finger mit dreckigen Fingernägeln hatte. Am Arm entlangschauend, zu dem die Hand gehörte, blickte ich schließlich in zwei verspiegelte Brillengläser, wie man sie in den frühen achtziger Jahren getragen hatte. Bevor ich die Worte vernahm, die mir ein schmieriger, schnurrbärtiger Typ ins Gesicht raunte, musste ich wegen seines Mundgeruchs fast kotzen. Da war das Discountrasierwasser noch ein Genuss. Er stank, als ob eine Ratte in seinem Schlund verfaulte.

»Hör mir zu«, sagte der abgehalfterte Vorstadtlude. »Wenn du an deiner Gesundheit hängst, dann hör auf in Dingen herumzuschnüffeln, die dich einen Dreck angehen. Siehst du dieses Messer? Damit ritze ich dir deine Initialen auf die Brust und wenn das nicht reicht, schneide ich dir die Eier ab!«

»Die will ich aber noch benutzen!«

Noch versuchte ich cool zu bleiben. Es fiel mir aber schwer, weil der Abziehbildgangster mir mit seinem Messer an der Wange herumschnipselte. Schweiß rann mir von der Stirn, mein Herz begann kräftig zu schlagen und ich verspürte einen unnatürlichen Harndrang. Jetzt Stärke zeigen, dann bekommen die Typen vielleicht Respekt. Ein Zeichen der Schwäche und im glücklichsten Falle winkt das Krankenhaus.

»Würden Sie das bitte lassen. Ich habe heute Abend eine Verabredung und wenn ich mich selbst rasiere, dann schneide ich mich sicher nicht. Obwohl Narben auf Frauen erotisch wirken sollen.«

Der Schläger verstand keinen Spaß. Zur Abwechslung bohrte er wieder seine Faust in meinen Bauch. Glücklicherweise hatte ich noch nicht gegessen.

»Du meinst wohl, ich scherze? Ich habe schon ganz andere Witzbolde weich gekocht. Ich sag' dir jetzt, was du tun wirst. Nachdem ich dir deine arrogante Fresse poliert habe, steigst du in dein Auto, fährst nach Hause, packst deine Koffer und machst einen Abflug – langfristig!«

Ein letztes heroisches Aufbäumen meinerseits. Mir ging der Arsch auf Grundeis, es gab keine Chance, dem bevorstehenden Massaker zu entgehen.

»Das geht aber nicht«, warf ich dreist ein. »Zum einen habe ich eine Verabredung, zum anderen beginnt morgen das Federweißenfest, das ich noch nie versäumt habe, drittens gibt mir mein Chef keinen Urlaub und viertens haben Sie mir noch keinen triftigen Grund genannt, warum Sie mich hier überfallen und malträtieren.«

»Du weißt genau, warum wir hier sind, du Wicht. Ich glaube, ich schlage dir jetzt ein paar Zähne ein, damit du deine große Klappe hältst und den Ernst der Lage erkennst.«

»Hören Sie auf, ich tue ja alles, was Sie von mir verlangen. Nur lassen Sie mich um Gottes Willen in Ruhe.«

Die Schläger sahen sich an und lachten hämisch. Mir wurde immer mulmiger. Scheinbar war der Zeitpunkt vorbei, dass ich glimpflich davonkam, und schon hagelten einige Links-Rechts-Kombinationen auf mich ein.

Zwei, drei Schläge in die Innereien und wieder ein schmerzhafter Kinnhaken. Als der Gorilla ausholte, um mir den finalen Fangschlag zu geben, wurde im Erdgeschoss mein Name gerufen. Die Gestalt hinter mir lockerte ihren Griff und die vor mir schlug ein letztes Mal zu. Ich sackte an der Wand entlang zusammen.

»Wir sehen uns wieder, Schlaumeier!«, waren die letzten Worte, die ich vernahm, bevor die Schritte wieder im Treppenhaus verhallten und ich ohnmächtig wurde.

»Herr Sturm! Herr Sturm! Werden Sie wach, was ist denn hier passiert?«

Ein paar Klapse auf meine Wangen später, schaute ich in das Gesicht von Schacher.

»Herr Sturm, sind Sie wieder da?«

Ich rappelte mich langsam auf und schüttelte mich. Als ich merkte, dass ich schmerzfrei sprechen konnte, blickte ich dem Makler in die Augen. Wenig erfreut ihn zu sehen und mit heftigen Schmerzen am ganzen Körper, versuchte ich erst einmal gelassen zu bleiben.

»Ah, Schacher!? Haben Sie die Typen gesehen, die mich hier abgepasst haben?«

»Nein, die sind nach oben abgehauen. Oben gibt es eine Verbindung zum Nachbarhaus, über die sind sie vermutlich verschwunden. Was meinen Sie mit – abgepasst?«

»Die kannten meinen Namen und die Zeit, wann ich hier auftauchen würde. Wer kann Ihnen das bloß gesagt haben?«

»Sie wollen doch nicht etwa behaupten, dass ich etwas mit der Sache zu tun habe? Die Kerle können Sie doch verfolgt haben!«

»Wieso kommen Sie eigentlich so spät? Wären Sie pünktlich gewesen, wäre das alles nicht passiert.«

»Das Wetter! Vor Mörlheim gab es einen schweren Verkehrsunfall und ich stand im Stau. Es tut mir leid, was Ihnen zugestoßen ist. Aber als Privatdetektiv sollten Sie so etwas doch gewohnt sein?«

Woher wusste er, dass ich Detektiv bin? Mir war nun alles klar. Diese Amateurmafiosi waren mit Sicherheit die Einschüchterungsabteilung der Firma *Schacher & Bauer*. Jetzt tauchte er als Ahnungsloser auf und war frei von jeder möglichen Anschuldigung. Sein allseits bewährtes Spiel, nie war er irgendwie zu fassen. Ich griff in meine Jackentasche und holte meine Zigaretten heraus. Die hatte ich mir verdient. Es hatte keinen Sinn, ihn weiter zu beschuldigen.

»Nun gut ... vielleicht war es nur ein ganz gewöhnlicher Überfall. Dann ist die Wohnlage hier aber nicht sehr vorteilhaft ... und dann noch der verseuchte Boden.«

»Fangen Sie schon wieder an mit dem Boden? Hier habe ich eine Analyse, die beweist, dass hier absolut keine Bodenbelastung vorliegt.«

Schacher griff in einen Aktenkoffer und zog ein Dokument in einer Folie heraus. Er drückte mir die Folie in die Hand. Wie ich bereits vermutete, war es die gleiche Bodenanalyse, die ich bei Huber gefunden hatte und die Miriam ausgehändigt worden war. Ich machte absichtlich einen erleichterten Eindruck, auch wenn es schwer fiel, denn mich überkam ein heftiger Brechreiz. Lag es an den Schlägen in den Magen oder an der Gegenwart Schachers? Jetzt nicht das Gesicht verlieren.

»Ja, wenn das so ist, dann können wir uns die Wohnung einmal anschauen. Sie haben unsägliches Glück mit Ihren Grundstücken. Keine hundert Meter weiter hat eine Baufirma mannshoch den Boden abtragen müssen, weil dort minimale Bodenbelastungswerte aufgetaucht sind. Schon erstaunlich, was wenige Meter ausmachen.«

Schacher schaute mich sichtlich genervt an und öffnete die Tür. Er hatte meine Anspielung verstanden. Ich ging in die Wohnung, die wirklich eine Pracht war. Alles neu renoviert, Dielen- und Parkettböden, Stuck an den Decken und neue doppelschichtige Isolierfenster. Heizungs- und Elektroanlage, so versicherte Schacher, waren ebenfalls nagelneu. Im großräumigen Bad erschrak ich erst einmal über mein Spiegelbild. Meine Fresse war reichlich poliert. Immer die Fassung bewahren, Sturm, du bist doch Profi.

»Zum Kaufen ist die Wohnung, bei dem vielfältigen Angebot in der Stadt, doch ziemlich teuer. Bei der Miete schreckt mich ihre dreifache Provision ab, zudem es hier in der Gegend nur so von Verbrechern wimmelt.«

»Ich habe schon verstanden. Geben Sie mir eine Monatsmiete cash, und wir vergessen die Provision.«

»Das ist aber Steuerhinterziehung, so etwas macht man doch nicht!«

»Versuchen Sie doch eine Wohnung von dieser Qualität für diesen Preis zu bekommen. Ich bin gespannt, ob es Ihnen gelingt.«

»Wissen Sie was, Herr Schacher, die ganze Angelegenheit hier stinkt. Ihre Bodenanalyse ist ein Witz, das Auftauchen der Schläger kann kein Zufall gewesen sein und

Ihre Geschäftspraktiken sind so, wie ich Sie mir von einem lumpigen Makler erwartet habe. Ich glaube, ich behalte meine Wohnung und rede einmal mit meinen Freunden von der RHEINPFALZ, die warten immer auf gut recherchierte Storys.«

Nun wurde Schacher ungehalten. Seine stadtbekannte aufbrausende Art schlug durch. Ich hatte ihn bis aufs Blut gereizt und ihm auch noch mit der Presse gedroht. Seine Beherrschung ging völlig verloren.

»Sie kleiner, mieser Schnüffler, glauben Sie, ich hätte nicht gewusst, dass Sie gar keine Wohnung suchen? Ich habe mich gleich gestern nach Ihnen erkundigt. Sie glauben wohl, Sie könnten mir etwas anhängen, mich mit dem Mord an Huber in Verbindung bringen? Versuchen Sie es doch! Meinem Anwalt wird es ein Vergnügen sein, Sie in der Luft zu zerreißen. Und die Presse? Davor habe ich keine Bange, wenn Sie nichts beweisen können, reicht eine einstweilige Verfügung und eine Verleumdungsklage obendrein. Sie schmieriger Wurm können mir gar nichts.«

Er hatte einen hochroten Kopf bekommen. Bei den letzten Worten überschlug sich seine Stimme. Ich ließ ihn in seiner Wut stehen und ging gemächlich mit höllisch schmerzenden Rippen Richtung Ausgang.

»Noch kann ich Ihnen nichts beweisen. Bislang konnte Ihnen noch nie jemand etwas beweisen. Bislang hatten Sie auch nicht mich am Arsch. Glauben Sie mir, in ein paar Tagen sind Sie froh, mich nie getroffen zu haben!«

Ich verließ die Wohnung und hörte im Treppenhaus nur noch seine Drohung, dass es in einigen dunklen

Ecken der Stadt nicht ungefährlich sei. Mir war klar, wo der Hase im Pfeffer lag. Dem Schwein mussten seine Betrügereien nachgewiesen werden. Im Fall der Kita waren offensichtlich Fehler gemacht worden, sonst hätte Huber nicht sterben müssen. Wieder stellte sich die Frage, wollte er auspacken oder mehr Geld. Oder wusste vielleicht ein Dritter von den üblen Geschäften zwischen Schacher und Huber? Schacher war, trotz seiner Selbstsicherheit, nicht souverän. Er wusste, dass man ihn belangen könnte, wenn die Fälschung der Bodenprobe nachgewiesen würde. Es lag nun an mir, den aalglatten Immobilienhai zu Fall zu bringen. Becker musste informiert werden, dass Schacher momentan gefährlich war wie eine angeschossene Wildsau. Wer einen Mord in Auftrag gibt, der schreckt auch vor einem zweiten nicht zurück.

Ich wollte mich gerade auf den Weg nach Neustadt machen, als das Handy schon wieder klingelte. Es war Amando, der Sohn von Antonio. Er müsse mich unbedingt gleich sprechen, da er etwas herausgefunden hätte. Im Taurus, einer alten Inkneipe in Landau, wo schon viele Generationen ihr erstes Bier getrunken hatten, trafen wir uns. Amando war völlig außer sich, als er mich sah.

»Wie siehst du denn aus? Bist du mit einer Eisenbahn kollidiert?«

»Nein, ich hatte eine unheimliche Begegnung mit den Handlangern Schachers. Sie haben mir aufgelauert und ordentlich verprügelt. Danach kam Schacher persönlich und wollte sich als Retter aufspielen, doch der hat die Rechnung ohne den Detektiv gemacht. Ich mach' das Schwein fertig. Wenn die Bodenproben die Ergebnisse ergeben, die ich vermute, dann kann er seinen Laden dicht machen und in Frankenthal das Mädchen spielen!«

»Vielleicht kann ich dir ein wenig weiterhelfen.«

»Hast du etwas für mich?«

»Ja, ich habe mich über Schachers Geschäftspraktiken erkundigt. Es ist eine einfache Sache, wie er sein Geld gerade bei den Konversionsgebieten verdient hat und immer noch verdient. Ich habe mit einigen Kollegen gesprochen und die haben mir Einzelheiten erklärt.«

»Erzähl!«

»Seit dem Abzug der alliierten Streitkräfte 1991 liegen Pläne für die Neunutzung von Konversionsgebieten in etlichen kommunalen Schubläden. Viele dieser genehmigten Bebauungspläne existieren eigentlich nur auf dem Papier, es fehlen den Kommunen nämlich öffentliche Gelder zur Umsetzung, vor allem im Bereich des Neubaus von Kindergärten und Schulen. Schacher jedoch wusste von diesen Plänen und hatte damals Teile der Gelände gekauft. Durch seine durchaus guten Beziehungen in die Verwaltungen von der kleinsten Gemeinde bis nach Berlin, für die er allerdings, glaube ich, auch gut bezahlen muss, schaffte er es immer wieder, dass Wohnungsbauprojekte genehmigt wurden.«

»Dann wäre er ja blöd. Das restliche Gelände ist doch gar nichts wert, wenn keine Infrastruktur geschaffen werden kann.«

»Das ist doch der Kniff. Wenn er die Baugenehmigung bekommen hat, baut er, und früher oder später wohnen dort auch Menschen, die die Infrastruktur benötigen, für die die Kommune aufkommen muss.«

»Und wie entstehen dann die horrenden Preise?«

»Pass auf!« Amando griff sich ein halbes Baguette, das ich zu einer heißen Gulaschsuppe gereicht bekam, damit meine Sinne wieder belebt wurden, und fragte mich: »Was ist das wert?«

»Ungefähr einen Euro.«

»Ich gebe dir zwei Euro dafür.«

»Das ist doch bescheuert, warum solltest du das tun, dafür bekommst du doch ein ganzes Baguette?«

»Kann dir doch egal sein, vielleicht ist mein Hunger gerade so groß, dass ich nicht mehr zum Bäcker laufen kann. Wenn du mir das halbe Baguette also für zwei Euro verkaufst, ist es plötzlich doppelt so viel wert wie vorher. Jetzt merkst du aber, dass du kein Brot mehr hast und du willst unbedingt eine Scheibe zurückhaben. Das halbe Brot ergibt etwa zehn Scheiben, sprich: eine ist durch die Verdopplung des Preises 20 Cent wert. Ich will jetzt aber etwas verdienen und möchte 40 Cent von dir für eine Scheibe Brot. Das bedeutet, das halbe Baguette ist jetzt vier Euro wert. Innerhalb kurzer Zeit hat sich der Wert deines Baguettes vervierfacht.«

»Ah ja.«

»Genauso ist es mit dem Kitagelände gelaufen, und Schacher hat noch viel Gelände in Konversionsgebieten. Das Gelände ist, genau wie dein Brot, so viel wert, wie die Leute bereit sind, dafür zu bezahlen. Und dass genau dieses teure Gelände gekauft wird, dafür sorgen seine Freunde in der Verwaltung, die versichern, dass ein günstigeres Grundstück beispielsweise aus baurechtlichen Gründen nicht den notwendigen Gegebenheiten entspricht.«

»Was wäre nun, wenn das Gelände mit Bodenbelastungen verseucht ist?«

»Dann geht seine Rechnung natürlich nicht auf. Ich nehme an, er ist dann regresspflichtig. Das könnte ihm finanziell das Genick brechen. Aber das willst du ja!«

»Glaubst du, er hat sich verkalkuliert?«

»Zu dem Zeitpunkt, als er die verschiedenen Grundstücke aufgekauft hat, hat noch niemand über mögliche Bodenverschmutzung nachgedacht. Erst als in den ›blühenden Landschaften‹ die ersten Vergiftungsfälle in ehemals sowjetischen Kasernen auftauchten, waren die Behörden gezwungen, auch bei ehemals britischen, französischen und amerikanischen Kasernen Bodenproben zu nehmen. Eine Umweltverträglichkeitsprüfung ist seitdem obligatorisch. Wenn der Boden verseucht wäre, ist es für ihn einfach dumm gelaufen. Wer viel spekuliert, fällt auch einmal auf die Nase. Doch diese Sache kann teuer werden, denk mal, ein verseuchter Kindergarten! Das geht in die Millionen und davon würde er sich nicht mehr erholen.«

»Vielleicht hat Huber ihn erpresst und Schacher konnte gar nichts anderes tun, als den unliebsamen Mitwisser aus dem Weg zu räumen.«

»Dazu kann ich dir nichts sagen, das ist dein Job.«

»Danke, Amando, für diese Informationen, ich werde jetzt die Proben zu HG bringen. Wenn das Gelände verseucht ist, dann bekomme ich Schacher. Glaub mir!«

»Hoffentlich! Die Lücke, die er hinterlassen würde, würde ihn voll und ganz ersetzen. Sehen wir uns heute Abend am Stammtisch?«

»Nein, ich habe bis spät zu arbeiten. Ich denke, wir sehen uns morgen auf dem Fest?«

»Ja, dort spätestens. Wie immer, am Stand der Nußdorfer?«

»Denke schon.«

Ich bezahlte die beiden Kaffee, sagte Ciao und fuhr zu HG nach Neustadt. In den Senken der alten B 38 sammelte sich das Wasser. Es bestand Aquaplaninggefahr. Der Regen spritzte dermaßen an die Fenster, dass die Scheibenwischer kaum nachkamen mit dem Wischen. Ab und zu erwischte mich eine Böe. Nach einer guten halben Stunde stand ich vor dem Labor, in dem HG arbeitete. Ich packte meine Proben aus dem Kofferraum und ging an die Pforte. Dort kannte man mich schon aus vielen vorangegangenen Besuchen. Der Pförtner öffnete und grüßte freundlich. Kurz darauf betrat ich das Labor, an dem der Name Dr. H.G. Lustig angebracht war.

»Hey, HG! Hier sind die Bodenproben. Wie lange brauchst du, um mir Ergebnisse zu liefern? Kann ich sie schon morgen früh haben?«

»Soll ich vielleicht zaubern? Ich gehe hier nebenbei noch einer lohnabhängigen Beschäftigung nach, und du wirst es kaum glauben, mein Chef ist der Ansicht, dass wir viel Arbeit haben, die zügig erledigt werden soll.«

»Morgen Mittag?«

»Frühestens morgen Abend.«

»Okay, auf dem Fest?«

»Ich weiß noch nicht genau, ob ich kommen werde. Meine Holde hat vielleicht schon andere Pläne. Ich würde ja gerne, aber du weißt ja, wie das ist mit den Frauen.«

»Wenn ich das wirklich wüsste, würde ich eine Menge Geld verdienen und bräuchte nicht bei Wind und Wetter im Schlamm zu suhlen.«

»Junge, solche Töne kenne ich gar nicht von dir. Ich dachte, du bist der große Kenner der Damenwelt. Du wirst doch mit knapp vierzig nicht schon langsam alt werden?«

»Weißt du HG, die einzige Möglichkeit, nicht alt zu werden, ist jung zu sterben.«

»Da hast du allerdings Recht. Wer früher stirbt, ist länger tot.«

»Genug der Provinzphilosophie. Wenn ich dich richtig verstanden habe, dann soll ich dich anrufen. Am besten mehrmals, weil es sein kann, dass du innerhalb von ein paar Stunden, mehrmals die Meinung änderst. Ich habe verstanden und werde es, wie schon so häufig, genauso tun. Irgendwie komme ich bis morgen Abend zu den Ergebnissen.«

»Genau so ist es, alter Freund.«

»Übrigens, konntest du in Erfahrung bringen, wer die bedenkenlose Analyse erstellt hat?«

»Das war ganz schön schwierig. In den aktuellen Listen war die Nummer nicht mehr zu finden. Nach akribischen Recherchen gelang es mir, über einen Freund im Umweltministerium herauszubekommen, dass besagte Nummer zu einem Umweltlabor gehört, das bereits seit zwei Jahren nicht mehr existiert. Das Labor war irgendwo in der Nähe der tschechischen Grenze in Sachsen. Der Besitzer hat Insolvenz angemeldet und ist nach Kenntnis meines Informanten nicht mehr aktiv. Es ist meines Erachtens vergeudete Zeit den brillanten Analytiker zu suchen, denn das bringt dich in deinem aktuellen Fall nicht weiter. Das Wichtigste ist doch klar: Schacher ließ die Analyse anfertigen.«

»Da hast du wohl Recht. Ich lasse dich weiterarbeiten, damit du keinen Ärger mit deinem Chef bekommst. Du hörst von mir. Tschüß.«

»Servus und bis morgen.«

Ich verließ das Forschungsinstitut, in dem HG seine Erfüllung gefunden hatte, und machte mich auf den Rückweg. Unterwegs hielt ich noch bei einem biologisch-dynamischen Geflügelzüchter an, bei dem ich frische Entenbrust kaufte. Top-Qualität! Für Miriam war mir kein Euro zu schade. Die restlichen Produkte besorgte ich bei einem Selbstvermarkter, die Schnecken musste ich tiefgefroren im Supermarkt kaufen. Es war noch Zeit, um Architekt Messerschmidt zu besuchen. Die Sache mit dem Schließfach gab mir doch etwas zu denken. Vielleicht verdächtigte ich Schacher doch zu Unrecht und Messerschmidt hat Huber in einem Eifersuchtsanfall erschossen? Ich wollte mir von dem Mann ein Bild machen. Ich steuerte die Marktstraße an und parkte so nahe wie möglich am Obertorplatz. Natürlich war wieder kein Kleingeld für den Parkautomaten zur Hand. Das alte Spiel mit den Ordnungshütern der Stadt begann aufs Neue. Bekommen sie mich oder bekommen sie mich nicht? Bei dem Sauwetter, hatte ich die Hoffnung, sie bekommen mich nicht.

Flugs hastete ich zur mir bekannten Adresse und klingelte. Die Schließanlage surrte. Bei Messerschmidt sah es ähnlich edel aus wie bei Schacher. Als Architekt, Makler oder Bauträger scheint man immer noch gut Geld zu verdienen, auch wenn die Kassen der Kommunen leer waren. Eine adrette Sekretärin grüßte freundlich und fragte nach meinem Anliegen.

»Ist Herr Messerschmidt zu sprechen?«

»Ja, er ist im Büro, ich melde Sie an. Wie ist Ihr Name?«

»Sturm, Philipp Sturm.«

Messerschmidt trat aus seinem Bürozimmer und lächelte freundlich.

»Guten Tag, Herr Sturm. Kommen Sie rein, ich habe Sie schon erwartet. Meine Frau hat mich angerufen und mir mitgeteilt, dass Sie in der Mordsache Huber tätig sind und bereits mit ihr gesprochen haben. Sie hat ja hervorragend mit Huber zusammengearbeitet, das muss ich nebenbei mit Stolz sagen. Bei Ihren Recherchen sind Sie auch auf den Namen Schacher gestoßen und deshalb wollen Sie wohl auch mich sprechen?«

Ich war überrascht, wie offensiv Frau Messerschmidt-Liebenstein sich gegen den Verdacht der Untreue verteidigte. Auf den ersten Blick machte Messerschmidt mir keinen cholerischen Eindruck und auch nicht den Eindruck des Ehemanns, der seine Frau des Seitensprungs überführen wollte. Dafür hatte ich einen geschulten Blick.

»Völlig richtig, Sie sind ein Mann vom Fach, dessen Meinung mir weiterhelfen könnte. Können Sie mir etwas über Schacher und sein Verhältnis zu Huber sagen?«

»Schacher ist ein gerissener Hund. Er hat in vielen öffentlichen Verwaltungen von der kommunalen Ebene bis nach Mainz und Berlin die besten Beziehungen. In welchem Verhältnis er zu Huber stand, kann ich Ihnen jedoch nicht sagen. Es ist möglich, ich kann es aber nicht beweisen, dass Huber Schachers Ansprechpartner in der Landauer Verwaltung war. Ich hatte auch geschäftlich mit Huber zu tun und auf mich machte er immer einen korrekten Eindruck. Es liegt aber nahe, dass er als Amtsleiter für Schacher wertvolle Informationen liefern konnte. Schacher hat unverhältnismäßig viele Geschäfte mit der Stadt gemacht, bereits als die Konversionsgebiete noch Kasernen waren. Schacher traue ich jede Schandtat zu, Huber aber hatte nicht die gleiche Kragenweite.«

»Was würden Sie als Architekt tun, wenn Sie klare Beweise hätten, dass Huber Schacher Aufträge zugeschustert hat?«

»Ich würde mich erst einmal furchtbar ärgern und dann mit den Beweismitteln zur Staatsanwaltschaft gehen.«

Messerschmidt sagte dies in einer solch überzeugenden Gelassenheit, dass ich ihm die Aussage genau so abnahm. Ich glaubte, zumindest im Moment, nicht, dass Messerschmidt den Schließfachschlüssel gefunden hatte. Vielleicht täuschte ich mich, aber der Mann wirkte integer. Amando und Andy wissen sicherlich etwas über den Architekten. Ich konnte nichts Auffälliges an ihm finden, bedankte mich für seine Offenheit und verabschiedete mich. Der offizielle Teil des Tages war abgeschlossen, Zeit zum heutigen Resümee: So, wie es aussah, steckte Schacher hinter dem heimtückischen Mord an Huber. Er alleine, das war der stichhaltigste Aspekt meiner Untersuchung, hatte Gründe den Bauamtsleiter aus dem Weg zu räumen. Dummerweise wusste er nicht, dass Huber ein

Verhältnis mit der Messerschmidt-Liebenstein hatte und er hatte keine Ahnung, dass eben diese Frau Beweismittel gegen ihn in der Hand hat – oder hatte, denn der Schlüssel zu den Unterlagen von Huber war verschwunden. Dieser Punkt gab mir zu denken. Hatte sie den Schlüssel wirklich verlegt oder verloren? Hatte ihr Mann den Schlüssel gefunden und dadurch gleichzeitig Beweise von den Schiebereien zwischen Huber und Schacher beziehungsweise das Verhältnis seiner Frau aufgedeckt? Auf mich jedenfalls machte Messerschmidt keinen verdächtigen Eindruck. Ihm war eher daran gelegen, dass Schacher aus dem Verkehr gezogen wird, Huber wurde von ihm nicht überbewertet. Deshalb gab es auch keinen triftigen Grund, warum er Huber hätte erschießen sollen. Außer es war eine Beziehungstat und er handelte aus Eifersucht. Das schloss ich beim derzeitigen Untersuchungsstand jedoch aus. Es war klar, Schacher ist das Schwein, das es zu schlachten galt. Weiteren Aufschluss sollten die Untersuchungen von HG liefern. War die Erde vergiftet?

Als ich mich meinem Auto näherte, sah ich schon an einigen Scheibenwischern anderer Wagen in Plastik eingepackte Strafzettel. Sogar bei diesem Wetter patrouillierten die Hilfssheriffs durch die Stadt. Ich bog um eine Ecke und sah, dass der städtische Ordnungshüter, von Kopf bis Fuß eingepackt in Regenkleidung, zwei Autos vor meinem Alfa einen Strafzettel schrieb. Schnell holte ich ihn ein und zischte: »Heute kriegt ihr mich nicht, ihr städtischen Geier. Ich hoffe, Sie holen sich eine anständige Grippe und sind eine Woche lang nicht in der Lage, steuerzahlende Mitbürger abzuzocken!«

Der ältere Herr, der aussah, als ob er sich mit diesem Job seine Rente aufbessern würde, schaute mich nur verständnislos an. Antworten wollte er mir scheinbar nicht.

Ich genoss es, das Essen für den Abend vorzubereiten. Zu meinen Vorbereitungen gönnte ich mir einen trockenen Sherry, den ich vor Jahren in Jerez gekauft hatte. Beim Trinken kam mir die Idee, die Schneckensuppe mit einem Schuss des edlen Getränks abzurunden. Die Ente bereitete ich so vor, dass sie nur noch angebraten werden musste. Mit der Soße gab ich mir besondere Mühe, da sie die besondere Güte eines Essens bestimmt. Nur von einem Grundsatz musste ich heute abweichen, denn wir tranken nicht den Wein, den ich für die Soße benutzte. Auch wenn es ein Dornfelder war, sie gelang. Das Rezept mit dem Bratapfel hatte ich beim Einkauf verworfen, da es bei dem Selbstvermarkter hervorragenden Käse gab. Eine Käseplatte war auch mit weniger Arbeit verbunden. Zum Schluss putzte ich den Feldsalat. Nach rund zwei Stunden waren meine Vorbereitungen abgeschlossen. Nun hatte ich noch Zeit, mich zu rasieren und zu duschen. Miriam konnte kommen und sie tat es sehr pünktlich. Als sie mich sah, erschrak sie hefig, dabei war mein Gesicht schon wieder am Abschwellen. Sie gab sich damit zufrieden, dass sie die dazugehörige Story später erfahren sollte. Sie hatte vier Flaschen Wein und einen großen Strauß Astern dabei. Wollte sie sich unter Blumen mit mir betrinken? Blumen schadeten meiner Wohnung in keiner Weise, da ich nur sehr pflegeleichte Exemplare auf dem Fenstersims stehen hatte und die waren recht schlicht.

Niemand konnte behaupten, dass ich einen grünen Daumen habe. Miriam küsste mich auf beide Wangen und gab mir zu verstehen, dass sie sehr hungrig sei. Ich bot ihr zuerst einen Sherry an, damit ihr Appetit noch etwas anwuchs, dann verschwand ich in der Küche und vollendete die Schneckensuppe. Miriam hatte passend zu der Suppe einen leichten 2004er Riesling Kabinett aus der Mittelhaardt dabei. Wir unterhielten uns während des gesamten Essens über kulinarische Themen. Die Erzieherin hatte, was den Genuss von Essen und Trinken anging, meinen exquisiten Geschmack. Wann kann man schon mit einer Frau eine Stunde über einen Wein reden? Die Entenbrust war ein Gedicht, innen rosa und außen knusprig. Miriam lobte die Qualität der Soße, auch wenn es ein Dornfelder war. Dazu tranken wir eine sehr gehaltvolle 2003er Riesling Spätlese trocken von der Neustadter Haardt. Nach dem Essen machten wir uns über einen Riesling aus Deidesheim her und zum Käse hatte sie eine Trockenbeerenauslese mitgebracht, die das Essen und den Abend abrundete. Von Minute zu Minute verliebte ich mich mehr in diese rassige, dunkelhaarige Schönheit. Sie machte auch den Eindruck, dass sie mir nicht abgeneigt war. Sie lauschte meinen Geschichten aus dem Detektivdasein wie ein kleines Kind bei der Gute-Nacht-Geschichte. Bei den heroischen Ausführungen meiner Schlägerei zuckte sie bei jedem geschilderten Schlag zusammen. Doch der gute Detektiv ging als Sieger hervor, denn er dinierte mit seiner Prinzessin, statt im Krankenhaus zu liegen. Dass der widerliche Makler hinter den ganzen kriminellen Aktivitäten von Schieberei über Auftragsschläger bis hin zum Mord steht, machte sie besorgt. Sie hatte sichtlich Angst um meine Gesundheit. Gegen Mitternacht waren wir beide ziemlich betrunken und alberten nur noch herum.

»Bist du mit dem Auto gekommen?«

»Meinst du, ich habe die Flaschen und die Blumen durch den Regen geschleppt?«

»Stimmt, es regnet ja in Strömen, das hatte ich glatt vergessen.«

»Apropos Auto, dir ist doch klar, dass ich nicht mehr fahren kann. Du kannst dir schon einmal deine Couch richten, denn ich werde in deinem Bett übernachten.«

»Gar kein Problem, ich habe nur nichts zum Frühstück eingekauft.«

»Macht nichts, das können wir morgen früh kaufen, denn ich habe erst am Nachmittag Dienst, das heißt, wir können sogar ausschlafen.«

»Das ist ja super. Willst du noch eine alte Pflaume zum Abschluss?«

»Willst du vielleicht eine junge?«

Trotz mehrerer Promille musste ich kurz schlucken. Das war trotz des Zustands deftig. So verlockend der Gedanke war und so überaus reizvoll Miriam, dieses eindeutige Angebot musste ich ausschlagen, denn ich hatte meine Prinzipien. Ich ignorierte die Anspielung.

»Ich habe nur alte Pflaume im Haus …, ich hole zwei Gläser.«

Miriam schaute mich sehr mitleidig an, so wie man einen Tollpatsch anschaut, der gerade eine Flasche Rotwein auf den teuren Teppich gekippt hat. Sie sagte jedoch nichts. Wir tranken den Schnaps und beschlossen schlafen zu gehen. Sie ging in mein Schlafzimmer, ich verschwand im Wohnzimmer. Als ich einschlief, hörte ich noch das angekündigte Gewitter. Es blitzte taghell und der Donner war genau über meinem Haus. Mit dem Gedanken »Scheißwetter« schlief ich ein.

Donnerstag, 13. Oktober

Als ich gegen zehn Uhr morgens wach wurde, spürte ich etwas Weiches neben mir. Ein betörender, bekannter Duft streichelte meine Nase. Das Weiche trug eindeutig ein Schlafanzugoberteil von mir. Ich schaute unter die Decke und sah auch das dazugehörige Schlafanzugunterteil. Es sah so aus, als ob ich nichts Törichtes, was eventuell in der Nacht passiert sein konnte, vergessen hatte. Im Nebel der Erinnerung tauchte das nächtliche Gewitter wieder auf. Ich konnte in meinen Gedanken sehen, wie sich im Blitzlicht meine Decke hob und sich eine Gestalt auf meine Schlafcouch schob. Ich erinnerte mich weiter, dass das bebende Wesen sich an mich klammerte und irgend etwas von Angst und Gewitter erzählte. Dann muss ich wieder eingeschlafen sein. Miriam spürte, dass ich mich neben ihr bewegt hatte. Sie drehte sich um und nahm mich in den Arm.

»Guten Morgen, Philipp, danke, dass ich zu dir schlüpfen durfte. Ich hätte alleine kein Auge zugemacht. Schon seit ich ein kleines Kind war, fürchte ich mich bei Gewitter, und das heute Nacht war sehr gruselig. In deiner Nähe habe ich mich dann sehr sicher gefühlt. Ich könnte mich fast daran gewöhnen.«

»Dazu muss ich erst einmal erfahren, ob du auch kochen kannst.«

»Mehr fällt dir dazu nicht ein, du gefühlloser Holzbock mit einem blauen Auge?«

»Doch natürlich, ich finde es traumhaft, neben einem Engel wach zu werden. Hab' ich ein blaues Auge?«

Ich spürte noch meine Gliederschmerzen und auch den pochenden Wangenknochen. Bei den Kopfschmerzen war ich mir nicht sicher, ob es der Alkohol oder die Folgen der Prügelei waren. Sie schaute mich mit ihren strahlenden, stahlblauen Augen an, beugte sich über mich und küsste mich auf den Mund. Ich nahm sie in die Arme und sie legte ihren Kopf auf meine Brust. Wäre sie eine Katze, hätte sie bestimmt geschnurrt. So lagen wir etwa eine halbe Stunde.

»Soll ich Brötchen holen?«, fragte sie plötzlich.

»Bei diesem Wetter gehe ich Brötchen holen.«

»Nein, das macht mir nichts aus. Du kannst in der Zeit den Kaffeetisch decken und alles rauskramen, was wir gebrauchen können. Bis wir gefrühstückt haben und geduscht sind, wird es auch Zeit, dass ich zur Arbeit gehe.«

»Okay, überredet.«

»Überreden tut man nur dumme Menschen, ich habe dich überzeugt. Sag mal, so ganz nebenbei, habe ich dir gestern ein unsittliches Angebot gemacht?«

»So ganz nebenbei, ja.«

»Du hast es registriert und nicht zugegriffen. Gefalle ich dir etwa nicht?«

»Doch und deshalb habe ich nicht zugegriffen. Wenn ich mich richtig verliebt habe, dann warte ich gerne eine gewisse Zeit ab, um die Freude zu steigern.«

»Du hast dich verliebt? In wen?«

»Sei nicht blöde, natürlich in dich.«

»Nein, das kann doch nicht sein. Kennt mich erst zwei Tage und verliebt sich. Was hältst du davon, wenn wir erst einmal gute Freunde bleiben?«

»Davon halte ich gar nichts. Mein Quantum an guten Freunden ist völlig ausgelastet. Es müsste erst einer sterben, bevor ein Platz frei wird, und damit ist nicht zu rechnen, da sie sich allerbester Gesundheit erfreuen.«

Jetzt musste sie lachen.

»Ich habe es auch nicht so gemeint, du Dummerchen, ich glaube, dass ich mich auch verliebt habe.«

»Glauben kannst du in der Kirche.«

Sie gab mir keine Antwort und küsste mich ein zweites Mal. Ich erwiderte ihren Kuss und schob sie dann sanft zur Seite. »Lass uns frühstücken! Wir sind unter Zeitdruck.«

Sie machte einen Schmollmund und stand unter Protest auf. Kurz vor elf Uhr saßen wir an einem spartanisch gedeckten Frühstückstisch, doch das war uns im Moment egal. Sie wollte noch einmal die Ereignisse des letzten Tages wissen, da wir am gestrigen Abend sehr weinbeseelt waren. Als ich wieder an der Stelle mit Schacher und den Schlägern angekommen war, zuckte sie wie am gestrigen Tag.

»Ganz schön gefährlich, dein Job!«

»Ach was, ich hatte die Situation jederzeit unter Kontrolle. Letztes Jahr haben mich ein paar Skinheads vermöbelt. Das gehört einfach zum Job. Es ist nicht zu vermuten, dass diese Raudies gleich heute wieder auftauchen, zudem ihr Auftraggeber weiß, dass ich von nun an vorsichtig sein werde. Gleich, wenn du zur Arbeit gegangen bist, gehe ich zu Becker und erzähle ihm alles. Vielleicht hat er etwas Neues herausgefunden und ich suche die Typen in seiner Kartei.«

»Das ist eine gute Idee, denn ich bin mir nach deinem Auftritt bei Schacher nicht sicher, ob er sie gleich noch einmal von der Kette lässt.«

Ihre Sorge war rührend.

»Was mir gerade einfällt, das Kind von Frau Messerschmidt-Liebenstein hat Windpocken. Ist es das einzige Kind?«

»Nein, nein, das kommt immer wieder vor. Zurzeit haben etwa fünf Kinder die Windpocken. In ein Paar Wochen ist es die Mumms, dann wieder die Masern und danach ist es Scharlach. Kinderkrankheiten sind in Kindergärten nichts Ungewöhnliches. Aber ich muss zugeben, die Windpocken, die derteit ausgebrochen sind, sind schon sehr heftig.«

»Anderes Thema. Gehst du heute Abend mit mir auf das Federweißenfest?«

»Warum nicht, das Fest gefällt mir. Meine Wohnung ist auch nicht weit vom Marktplatz entfernt, wie du weißt. Du kannst dir den langen Weg zu deiner Wohnung sparen.«

»Ist das ein Angebot?«

»Das ist ein Angebot!«

Wir frühstückten zu Ende, duschten und verließen zusammen das Haus. Das Wetter hatte sich noch nicht gebessert. Vor dem Haus trennten sich unsere Wege, wir verabredeten uns für acht Uhr am Abend auf dem Marktplatz, ich fuhr zu Becker.

Unterwegs klingelte mein Handy. Karl meldete sich und informierte mich, dass er sich am Abend bereits um sechs Uhr mit Tom auf dem Festplatz verabredet hat. Er fragte, ob ich Lust hätte dazu zu kommen. Ich erklärte ihm, dass ich gerne kommen würde, wenn es meine Arbeit zuließe. Damit gab er sich zufrieden. So, so, meine beiden ältesten Freunde trafen sich also bereits um sechs Uhr und sie hätten mich gerne dabei. Ob da nicht ein Hintergedanke dabei war? Der wissende Blick von Karl am Stammtisch, als das Gespräch um Miriam ging, kam mir in den Sinn. Wahrscheinlich komme ich nicht umhin, die Karten auf den Tisch zu legen. Das Polizeirevier war erreicht. Ich parkte schon gewohnheitsmäßig auf dem Personalparkplatz und ging hinein. Heute lief alles glatt, fünf Minuten später saß ich am Schreibtisch Beckers. Der Kommissar kam sofort zum Thema. Er hatte erneut mit dem stellvertretenden Bauamtsleiter Schwarz gesprochen, der ihm letztendlich die gleichen Informationen gegeben hat wie mir. Becker bedauerte, dass die Angaben zwar eindeutig seien, jedoch nicht ausreichend um Schacher festzunageln. Er habe Huber nicht unter Druck gesetzt, ein Geldfluss sei ebenfalls nicht nachzuweisen. Er ging ebenso wie ich davon aus, dass Schwarz in die ganzen Geschäfte nicht involviert sei.

»Ich habe ihn dermaßen in die Zange genommen, dass ein Typ wie er früher oder später geplaudert hätte. Der hat doch mehr Angst als Vaterlandsliebe. Für solche Geschäfte hat Schwarz nicht die Nerven.«

»Den Eindruck hatte ich allerdings auch«, gab ich dem Kommissar Recht. »Haben Sie noch mehr erfahren?«

»Erstaunliches sogar! Schwarz hat mir erzählt, dass einer der Hauptleidtragenden von Schachers Zuschlägen in der Vergangenheit Architekt Messerschmidt gewesen sei. Daraufhin habe ich das Geschäft von Messerschmidt genauer unter die Lupe genommen. Der Mann steht kurz vor der Insolvenz. Seine Angestellten haben seit Monaten keine Gehälter mehr gesehen und die Bank dreht ihm bald den Hahn ab.«

»Den Eindruck hat er auf mich nicht gemacht, als ich ihn gestern besuchte.«

»Er wird auch keinem Fremden seine wirtschaftlichen Verhältnisse unter die Nase reiben. Eines ist jedoch sicher, wenn ich meinen Informationsquellen glauben soll. Schacher ist an der Notlage von Messerschmidt nicht unschuldig. Er hat ihm in den letzten Jahren viele lukrative Aufträge, die er schon sicher glaubte, weggeschnappt. Meistens so kurzfristig, dass Messerschmidt nicht mehr reagieren konnte. Was haben Sie eigentlich in dieser Sache herausbekommen?«

Ich erzählte Becker von meinen Besuchen bei Herr und Frau Messerschmidt. Er horchte auf, als er vom bestätigten Verhältnis zwischen Huber und der Frau von Messerschmidt erfuhr. Als ich die Geschichte mit dem Schließfach erwähnte, bekam er spitze Ohren.

»Das ist ja hochinteressant. Neben den geschäftlichen Niederlagen durch Schacher hat ihm der Vertraute des Maklers in der Stadtverwaltung auch noch Hörner aufgesetzt. Wenn Messerschmidt den Schlüssel gefunden hat, hatte er höchstwahrscheinlich den Beweis, dass Huber und Schacher zusammengearbeitet haben und gleichzeitig könnte ihm klar geworden sein, dass seine Frau ihn mit Huber betrügt. – Starker Tobak!«

»Haben Sie ihn in Verdacht?«

»Jetzt sogar mehr als das. Mir hat bislang ein hieb- und stichfestes Motiv gefehlt. Die Schiebereien zwischen Huber und Schacher, deren Leidtragender Messerschmidt war, würde Ihnen Recht geben, dann könnte in der Tat Geldnot das Motiv sein. Das Verhältnis seiner Frau mit dem Bauamtsleiter spricht eher für meine These, dann kann es eine Beziehungstat gewesen sein.«

»So wie es aussieht war es beides!«

»Dann waren sowohl die Polizei als auch der Detektiv auf der richtigen Spur. Ich habe aber zudem einen weiteren Trumpf in der Hinterhand, den ich Ihnen noch nicht erzählt habe.«

»Machen Sie es nicht spannend.«

»Messerschmidt ist mehrfacher südwestdeutscher Meister als Kleinkaliberschütze mit der Pistole und Huber wurde mit einer kleinkalibrigen Waffe genau zwischen die Augen getroffen!«

»Dann passt alles. Die Indizien sprechen ganz klar gegen Messerschmidt. Aber was machen wir mit Schacher?«

»An den kommen wir nur ran, wenn sich Ihre Verseuchungstheorie bestätigt. Ich werde jetzt auf alle Fälle Messerschmidt dingfest machen.«

»Wir haben aber nur Indizien, noch keine eindeutigen Beweise.«

»Es ist unbedingt notwendig, den Schlüssel für das Schließfach zu finden. Wenn wir den bei Messerschmidt finden, dann ist er fällig. Ich rufe gleich den Staatsanwalt an, um die nötigen Durchsuchungsbeschlüsse für sein Haus und sein Büro zu bekommen.«

»Kann ich mitkommen, wenn Sie zugreifen?«

»Keine Frage, Sie haben mir sehr geholfen, doch jetzt muss ich die notwendigen Vorkehrungen treffen.«

Becker schwang sich ans Telefon und begann wild in der Gegend herumzutelefonieren. Staatsanwalt, Einsatzkommando, Fuhrpark und zum Schluss seinen Assistenten. Diesen schickte er schließlich los, um beim Staatsanwalt die nötigen Unterlagen abzuholen. Eine Stunde später kam der Inspektor zurück und hatte die Durchsuchungsbefehle und einen Haftbefehl für Messerschmidt. Es war bereits sechzehn Uhr, als wir die Wache verließen.

Der erste Weg führte uns zu Messerschmidts Büro in der nahen Marktstraße. Dort war außer der Sekretärin niemand anzutreffen. Die junge Frau erklärte, dass Messerschmidt um vierzehn Uhr einen Termin in Ludwigshafen hatte und danach nicht mehr ins Büro kommen wollte. Ein Anruf bei dem Kunden in der Chemiestadt ergab, dass Messerschmidt bereits vor einer Stunde gefahren sei. Bei Messerschmidts Mobiltelefon meldete sich nur die Mailbox. Wenn er direkt nach Hause gefahren ist, müsste der Architekt bereits in Landau sein. Becker legte der Sekretärin nahe, sofort im Präsidium anzurufen, wenn sie erfahren würde, wo sich Messerschmidt aufhält. Er machte ihr ausdrücklich klar, dass sie sich strafbar mache, wenn sie dem Verdächtigen, wie auch immer, mitteilen sollte, dass die Polizei ihn sucht. Mit Blaulicht und Martinshorn ging es durch die wegen des Festes von Auswärtigen schwer überfüllte Stadt. Ich kam mir vor wie Kojak im Einsatz in Manhattan. Rote Ampeln waren kein Hindernis, Zebrastreifen wurden ignoriert und Kurven gefährlich geschnitten. Der Fahrer von Becker genoss seinen Auftrag in vollen Zügen. Doch auch die Fahrt in den Lazarettgarten erbrachte keine Festnahme. Sowohl Herr als auch Frau Messerschmidt waren nicht anzutreffen. Wir fragten uns, ob Messerschmidt vielleicht doch Wind von der Suche nach ihm bekommen hatte. Becker gab sofort eine Fahndungsmeldung durch den Äther, mehr war im Moment nicht zu machen. Vor Büro und Wohnung ließ der Kommissar einen Beamten postieren. Da nicht ernsthaft davon auszugehen war, dass Messerschmidt von dem Verdacht, der gegen ihn aufgekommen war, wissen konnte, ging Becker nicht von einer Flucht aus. Langsam ging es auf sechs Uhr zu, ich bat den Kommissar mich in der Stadt abzusetzen, da ich im Moment nicht mehr helfen konnte. Zudem konnte ich bei meinen Gesprächen mit Bürgermeister und Oberbürgermeister einen Mordverdächtigen präsentieren. Schacher konnte ich zwar belasten, ihn aber weder mit dem Mord in Verbindung bringen noch seine korrupten Geschäfte nachweisen.

Mittlerweile waren wir wieder im Westring angekommen. Ich fragte Becker, ob ich meinen Wagen im Polizeihof stehen lassen könne. Er hatte nichts dagegen. Da ich sowieso bei Miriam übernachten wollte, war dies ein sicherer Parkplatz in ihrer und der Nähe des Festplatzes, der nicht von den städtischen Ordnungshütern heimgesucht wurde. Dies war umso wichtiger, da sie bei allen Festen in der Stadt scheinbar Sonderschichten liefen.

Ich schlenderte gemütlich Richtung Marktplatz und ärgerte mich darüber, dass ein redlicher Architekt durch Korruption in wirtschaftliche Schieflage geraten war und zudem noch von einem seiner Widersacher die Hörner aufgesetzt bekommen hatte. Beinahe hatte ich Verständnis dafür, dass er ausgeflippt ist. Auf dem Platz angekommen, suchte ich das Zelt der Nußdorfer Winzer und dort Karl und Tom. Es war noch nicht viel los, das Fest des Federweißen wird erst gegen zwanzig Uhr offiziell eröffnet. Nichtsdestotrotz schenkten die Wirte bereits den neuen Wein aus. Ich war gespannt, wie er dieses Jahr heißen würde, denn jedes Jahr bekam der neue Jahrgang einen Namen von der Landauer Bevölkerung, der bei der Eröffnung bekannt gegeben wurde. Ich erspähte die beiden und holte einen Schoppen des noch namenlosen Neuen. Schon beim ersten Schluck merkte ich, dass die Weinlese spät angefangen hatte, denn die Brühe war nicht gepanscht wie in Jahren, als der Herbst bereits im August begonnen hatte. Das miese Wetter der letzten Tage hat zumindest dazu beigetragen, dass der Federweiße gut schmeckte.

Karl und Tom saßen in der hintersten Ecke des Zeltes und hatten bereits einen Schoppen vor sich stehen. Glücklicherweise waren wir wirklich früh, denn ein, zwei Stunden später blieben nur noch die Stehplätze vor dem Tresen beziehungsweise für die ganz Harten die Plätze mit Regenschirm auf dem Platz. Ich setzte mich zu meinen Freunden.

»Fertig mit der Arbeit?«, fragte Karl.

»Fix und fertig. Der Fall ist gelöst, wir können heute Abend gemütlich feiern.«

»Wie, der Fall ist gelöst? Das ging aber zügig!«

Ich schilderte in kurzen Worten die sich überschlagenden Ereignisse der letzten Stunden. Tom schaute skeptisch.

»Von gelöst kann doch da noch nicht die Rede sein! Erstens hat dieser Messerschmidt überhaupt noch nicht gestanden, zum Zweiten sprechen nur Indizien gegen ihn und drittens hast du den Makler noch nicht am Arsch!«

»Wenn diese Indizien nicht eindeutig sind ... und Schacher bekomme ich noch, spätestens wenn unser Freund HG mit seinen Ergebnissen aufwartet. Ich bin mir sicher, dass das Gelände verseucht ist und dann muss Schacher zahlen, bis er blind wird!«

»Wollen wir's dabei belassen. Prost!«

Wir stießen mit den Gläsern an und stiegen in ein belangloses Geplauder übers Wetter ein. Nachdem wir es zum zehnten Mal verflucht hatten, kam Karl zur Sache.

»Jetzt, wo wir quasi unter uns sind, kannst du einmal näher erzählen, was es mit deiner angeblichen Zeugin auf sich hat. Wie heißt sie noch einmal?«

Tom raunte: »Miriam Engel«.

»Ich habe doch gewusst, warum wir uns zwei Stunden früher hier getroffen haben. Meine lieben Freunde sind mit meinen Erklärungen zu dieser Frau nicht einverstanden und wollen überhaupt nicht neugierig sein.«

»Waren wir jemals neugierig?«

»Niemals!«

»Jetzt sag schon, hast du was mit ihr?«

»Wenn ich jetzt nein sage, glaubt ihr mir doch sowieso nicht. Aber ihr könnt sie selbst fragen, denn sie kommt gegen acht Uhr hierher.«

»Wir brauchen sie überhaupt nicht mehr fragen, denn du hast uns eben die gewünschte Antwort gegeben. Wird auch Zeit, dass du aus deiner Lethargie erwachst. Seit

Vibke in Afrika ist, hatten wir das Gefühl, dass du endgültig mit der Frauenwelt abgeschlossen hättest und nur noch deine Trauer um die verlorene Traumfrau zelebrieren würdest.«

»Es sind ja in kurzer Zeit einige Traumfrauen verschwunden. Es an einer festzumachen würde ihm nicht gerecht werden«, warf Tom ein.

»Genau das ist es, was mich immer in Verruf bringt. Diese gnadenlosen Übertreibungen.«

»Ist schon gut, trink einen Schluck und halte die Klappe.«

»Ich will aber nicht die Klappe halten. Okay, ihr sollt wissen, dass mir ein Engel begegnet ist.«

Mit Pathos in der Stimme schwärmte ich ihnen von Miriam vor. Es war für beide nicht zu überhören, dass ich verliebt war. In den wunderbarsten Worten schilderte ich ihre schwarzen Haare und die tiefblauen Augen, ihre Figur, ihren Witz und ihre Intelligenz. Um voreiligen Schlüssen vorzubeugen, betonte ich, dass ich sie noch nicht angerührt hatte. Jetzt glaubten meine alten Freunde wirklich, dass es mich erwischt hatte.

»Die Frau muss ja ein Hammer sein«, frohlockte Karl.

»Den Erzählungen nach schrammt sie knapp an einer Miss Germany vorbei«, ergänzte Tom.

»Sie ist wirklich eine Wucht. Dabei wollte ich nur mit ihr essen, dann hat es mich volle Breitseite erwischt. Wie sagte Michael Corleone in *Der Pate*: Mich hat der Blitz getroffen! Wenn ihr sie nachher seht, dann versteht ihr alles und werdet mich beneiden.«

»Es hat niemand gesagt, dass du einen schlechten Geschmack hast, und rechtfertigen musst du dich wegen einer Frau bei uns auch nicht. Wir sind doch froh, dass wir uns völlig umsonst Sorgen gemacht haben.«

In das Gespräch vertieft, vergingen die Minuten wie im Fluge. Andy, Amando und Harry waren mittlerweile auch schon eingetroffen. Langsam wurde ich nervös, weil HG noch nicht da war und er sich noch nicht gemeldet hatte. Ich musste doch den Stadthäuptlingen Ergebnisse liefern. Gerade als ich ihn anrufen wollte, klingelte das Handy.

»Hallo, du Superspürnase, hier ist Hans-Georg.«

»Gerade musste ich an dich denken.«

»Das ist ja beängstigend. Ich wollte dir nur sagen, dass ich heute Abend nicht kommen kann. Meine Prinzessin hat sich mit Freunden verabredet und ich soll mitkommen. Ich würde zwar lieber einige Schoppen trinken und dumme Sprüche machen, doch des lieben Friedens wegen lass ich es sein. Auch wenn ich mich zu Tode langweilen werde.«

»Hast du mir sonst nichts zu sagen?«

»Wieso?«

»Wieso, wieso! Nerv' mich nicht! Was hast du bei den Proben herausgefunden?«

»Welche Proben?!«

HG merkte, dass ich nicht zu Scherzen aufgelegt war. Ich atmete tief durch und wollte gerade ungehalten werden, da legte er los.

»Ruhig Blut, du hast mal wieder Recht gehabt, die Proben, die du mir vorbeigebracht hast, könnten auch direkt aus der Hexenküche von Harry Potter stammen. Die Erde ist hochgradig konterminiert. Verschiedenste Toxide und

Schwermetalle. Also, ich wollte mit dem Dreck nicht ungeschützt in Berührung kommen. Wo, hast du gesagt, kommt der Mist her?«

»Von einem Kindergartenaußengelände!«

»Unglaublich. Dort Kinder spielen zu lassen ist schon schwere Körperverletzung. Ich bin zwar kein Arzt, aber ich könnte mir vorstellen, dass das Zeug nicht nur Spätfolgen hat.«

»Wie meinst du das?«

»Bei der Konzentration, die etwa tausendmal höher ist als erlaubt, muss ein Körper eigentlich gleich reagieren. Aber wie gesagt, davon habe ich keine Ahnung. Auf alle Fälle muss die Kita sofort geschlossen werden, bevor irgend etwas passiert. Ich werfe dir die Ergebnisse in den Briefkasten und du musst sofort das Notwendige veranlassen.«

»Das werde ich tun. Morgen früh betritt niemand mehr das Gelände.«

»Das ist gut. Tut mir wirklich leid, dass ich nicht kommen kann, aber du hältst mich auf dem Laufenden, ja?«

»Ehrensache!«

Den anderen richtete ich einen Gruß von HG aus und erklärte, dass ich unbedingt den Bürgermeister erwischen musste, bevor die Eröffnungsfeierlichkeiten anfingen.

»Ihr werdet es nicht glauben, aber Schacher ist jetzt dran!«

Kurz darauf stand ich auf dem Marktplatz und suchte Karl-Ludwig. Der gesamte Stadtrat war bereits vor der Bühne versammelt. Alle vierundvierzig MdS waren anwesend. Wenn es Essen und Trinken umsonst gab, durfte keiner der demokratisch legitimierten Konkursverwalter fehlen. Bei manchen hatte ich schon lange das Gefühl, dass Politik für sie ein Fremdwort und vor allem eine unnötige Belastung war. Entscheidend war es für sie, bei offiziellen Empfängen wichtig zu schauen und eifrig in der Nähe des OBs Hände zu schütteln. Hinzu kamen die Eröffnungen von allen Weinfesten in den Stadtdörfern, der Kerwe und viele andere Einladungen, bei denen man den Geldbeutel zu Hause lassen konnte. In erster Linie wurde die wahre Politik in der Stadt von ein paar wenigen betrieben. Ein Stadtrat mit zehn Personen würde völlig ausreichen.

Im Gewühl der sich zusammenrottenden Fraktionen entdeckte ich den Bürgermeister. Er kam, wie fast immer bei solchen Anlässen, als Letzter, da er das Brimborium im Grunde seines Herzens belächelte. Dies war ihm auch abzunehmen, da er immer ein aufrichtiger und ehrlicher Politiker und Stadtvorstand war, auch wenn seine Wahrheiten nicht jedem schmeckten. Sie brachten oft Einschnitte für Einzelne oder das Ende von Annehmlichkeiten mit sich. Doch darauf sollten sich die Bürgerinnen und Bürger sowieso einstellen, denn die fetten Jahren in Bund, Land und Kommunen sind vorbei. Der Selbstbedienungsladen »Staat« ist wegen chronischer Armut geschlossen. Ich steuerte Karl-Ludwig zielstrebig an. Als er mich sah, winkte ich ihn raus aus dem Getümmel.

»Was ist? Du wolltest doch ein wenig diskreter sein. Hast du mir etwas Wichtiges mitzuteilen?«

Da mir das verseuchte Kindergartengelände persönlich sehr nah gegangen war und ich Angst um die Kinder hatte, plapperte ich ungestüm auf ihn ein.

»Und ob! Sorge sofort dafür, dass die Kita im Franzosenviertel geschlossen wird! Morgen früh darf kein Mensch, geschweige denn ein kleiner Mensch den Laden betreten. Ich glaube, das hypermoderne Ding könnt ihr dem Erdboden gleichmachen.«

»Jetzt mach mal langsam! Was ist denn in dich gefahren?«

»Dieses miese Schwein Schacher! Hat in Kauf genommen, dass viele Kinder in der neuen Kita vergiftet werden! Der ganze Boden ist verseucht ... und er hat es gewusst. Wenn ich ihn jetzt in die Finger bekommen würde, würde ich ihn den verdammten Dreck fressen lassen. Dieser Gifthändler! Soll an seinen Gewinnen ersticken! Obendrein hat er durch seine Schweinereien den Mord an seinem verbeamteten Handlanger Huber auf dem Gewissen. Er war zwar nicht der Mörder, doch die Mitwisserschaft von Huber hat ihn schließlich in die Kugel laufen lassen!«

»Zunächst mal von vorne ... Erklär mir in Ruhe, was in Gottes Namen passiert ist.«

Ich beruhigte mich und schilderte ihm meinen derzeitigen Wissensstand.

»Huber ist vom Architekt Messerschmidt erschossen worden. Durch eine Unachtsamkeit seiner Frau bekam er heraus, dass Huber und Schacher ihn häufig übervorteilt haben. Er steht kurz vor dem Bankrott. Er entdeckte darüber hinaus, dass seine Frau mit Huber ein Verhältnis hat. Beides war wohl zu viel für ihn und dann ist es wohl passiert.«

Er blieb erstaunlicherweise sehr gelassen.

»Wusst' ich doch, dass du den Fall löst. Ich rufe gleich

bei unseren Hausmeistern an und werde das Kitagelände weiträumig absperren lassen. Das wird wohl Konsequenzen haben, zumindest für den Makler.«

»Schacher allein ist dafür verantwortlich zu machen. Wer kann denn wissen, dass die Bodenanalyse gefälscht ist?«

»Natürlich Huber, der wusste von Anfang an alles, doch den kann niemand mehr belangen.«

»Aber hör mal, bei einem so kostspieligen Projekt sollte man doch auf die Idee kommen, eine zweite Prüfung durchzuführen, vor allem, wenn dort später Kinder spielen sollen.«

»Wo gearbeitet wird, passieren nun mal Fehler. Bei der Hektik, die vor dem Kauf herrschte, da wir dringend den Kindergarten benötigten, habe ich sogar ein wenig Verständnis für die Kollegen. Es waren damals alle froh, dass ein Gelände gefunden worden ist. Wie sagt man so schön in unserer Pfalz? – Danach sind alle Dummen schlau.«

»Es ist trotzdem unverantwortlich, auch wenn du Recht haben solltest. Glücklicherweise können wir Schlimmeres verhindern. Aber nur weil Huber nicht die Finger von Messerschmidts Frau lassen konnte und deshalb das Zeitliche segnen musste, sind wir dem Übel auf die Spur gekommen. Überleg mal, der Skandal wäre ausgebrochen, wenn zwanzig Kinder vergiftet gewesen wären.«

»Nicht auszudenken, dann hätte ich glatt meinen Hut nehmen können. Ein Kindergarten gehört zu meiner Zuständigkeit! Das wäre ein gefundenes Fressen für die gewesen, die an meinem Stuhl sägen.«

Durch die Menge drängte sich der Assistent von Becker

und blickte sich suchend um. Als er den Bürgermeister und mich sah, kam er schnurstracks auf uns zu.

»Gut, dass ich Sie gefunden habe, Herr Sturm. Kommissar Becker hat versucht, Sie über das Mobiltelefon zu erreichen, doch es hat sich niemand gemeldet.«

Erschrocken griff ich in die Tasche. Ich hatte wohl in meiner Aufregung das Handy auf dem Tisch bei meinen Freunden liegen lassen.

»Ich hab's wohl am Tisch liegen lassen. Gibt es etwas Neues?«

»Wir haben Messerschmidt. Als er nach Hause kam, haben wir direkt zugegriffen. Becker verhört ihn im Moment. Es kann sein, dass das die ganze Nacht dauert. Der Kommissar wollte nur, dass Sie Bescheid wissen und in Ruhe feiern können.«

»Da bin ich ihm aber dankbar. Ich habe mein Auto bei euch im Hof stehen. Morgen früh, so gegen neun Uhr, werde ich ins Revier kommen, dann kann Becker mir erzählen, was er herausbekommen hat. Ich danke Ihnen, dass Sie sich so viel Mühe gegeben haben, mich zu finden. Sagen Sie Becker einen Gruß und richten Sie ihm meine Glückwünsche aus. Sie können dem Kommissar auch eine weitere Erfolgsmeldung weitergeben: Das Kitagelände ist hochgradig verseucht. Diese dreckige Landplage, Schacher, hat der Stadt vergiftetes Land angedreht. Huber wusste von der Vergiftung und hat scheinbar alles dokumentiert. Diese Dokumente müssen Messerschmidt in die Hände gefallen sein. Becker soll an dieser Stelle vertieft bohren. Vielleicht redet der Architekt dann etwas schneller. Alles Weitere teile ich ihm morgen mit.«

Er nickte und wollte gerade gehen, da intervenierte Karl-Ludwig: »Halt, nicht so schnell. Richten Sie dem Kommissar auch die besten Grüße der Stadtverwaltung aus. Wir sind sehr froh, dass der Fall so schnell gelöst worden ist. Gratulieren Sie Becker auch persönlich von mir.«

Ganz Staatsmann, unser Bürgermeister Guth, er gäbe ganz bestimmt einen spitzen Oberbürgermeister ab. Irgendwann kommt seine Chance. Inzwischen betrat der amtierende OB die Bühne, der gesamte Stadtrat stand huldvoll davor. Vorne tummelten sich die parlamentarischen Hinterbänkler, damit auch sie einmal in der ersten Reihe stehen durften. Die Landtags- und Bundestagsabgeordneten hielten sich wohlweislich wie die Fraktionsvorsitzenden im Hintergrund. Erstere, weil zurzeit keine Wahlen anstanden, Zweitere, weil sie wussten welchen Stellenwert sie hatten. Bei Gelegenheit muss man dem einfachen Fußvolk den Vortritt lassen. Hält man die Parteisoldaten bei der Stange und gibt ihnen ab und zu ein Zuckerchen, dann werden sie sich auch wieder bei Wahlkampfständen die Beine in den Bauch stehen und unnötige Flugblätter verteilen sowie nächtelang Wahlplakate kleben. Politik ist ein sonderbares Geschäft und hat doch sehr wenig mit Politik zu tun. Der OB eröffnete wie immer routiniert das Weinfest, grüßte die anwesenden Honoratioren und die diversen Weinprinzessinnen, die sich rechtzeitig aus den Fängen des Beigeordneten Zirkel befreien konnten. Der Höhepunkt seiner Festansprache war die Namensverkündung des 2005er Neuen. In Anlehnung an die vergangene Bundestagswahl, die keine klaren Mehrheiten ergeben hatte, hieß der neue Wein

»Koalitionsentscheidungshelfer«. Vielleicht könnte das eine oder andere Viertel Wein das Regieren tatsächlich vereinfachen. Als ich auf meine Uhr blickte, war es schon kurz nach acht. Oje, Miriam! Karl-Ludwig war hinreichend informiert und bereits wieder im Gespräch mit einem Festbesucher. Ein Ende der Ansprache des OBs war nicht abzusehen. Das Gespräch mit ihm hatte deshalb noch Zeit. Er sollte jetzt erst einmal die Weinprinzessinnen küssen, ich wollte nur schnell zu meinem Engel.

Als ich mich dem Tisch näherte, an dem die ganze Truppe Platz genommen hatte, traute ich meinen Augen nicht. Diese unverbesserlichen Schwerenöter waren gerade dabei Miriam anzugraben, die zufällig genau neben ihrer Bank auf mich wartete.

»Hallo, schöne Frau, setz dich doch zu uns. Wenn wir dich in die Mitte nehmen, dann wird dir gleich nicht mehr kalt sein. Es kann doch nicht sein, dass eine Schönheit wie du alleine auf einem Fest herumläuft.«

Ich war gespannt, wie Miriam sich nun aus der Affäre ziehen würde. Sie tat es erstaunlich souverän.

»Wenn es nur noch solche Männer wie euch gibt, ist es kein Wunder, dass Frauen lieber alleine sein wollen.«

Ich ging langsam auf die Szenerie zu, stellte mich neben Miriam, nahm sie in den Arm und küsste sie auf den Mund. Der gesamte Tisch verstummte augenblicklich.

»Ihr habt euch schon bekannt gemacht? Darf ich vorstellen, Miriam Engel, die schönste Frau der Südpfalz. Und diese Herren, Miriam, diese Horde unflätiger Vierzigjähriger, die besonders mutig werden, wenn sie einige Schoppen im Blut haben, sind meine besten Freunde.«

»Nette Gesellschaft!«, schmunzelte Miriam verschmitzt.

»Da gebe ich dir uneingeschränkt Recht. Du weißt ja, wenn man gute Freunde hat, braucht man keine Feinde.«

Wir setzten uns an den Tisch. Sogleich wollten die Jungs wissen, warum ich so schnell weg musste. Als ich erzählte, was mir HG eröffnet hatte, erblasste Miriam.

»Lieber Himmel, das ist doch nicht wahr, was du gerade erzählst?!«

»Doch, mein Schatz, es ist leider wahr. Aber du musst dir keine Sorgen machen, denn der Bürgermeister hat bereits alles in die Wege geleitet, was zu eurer Sicherheit notwendig ist.«

Miriam wollte nun gleich mit ihrem Amtsleiter sprechen, den sie auf dem Fest gesehen hatte, um das weitere Vorgehen abzusprechen. Die Eltern und die Mitarbeiterinnen mussten am nächsten Morgen sofort informiert werden, zudem war es notwendig, einen Verteilungsplan für die Kinder auf andere Einrichtungen zu erstellen. Miriam meinte, je früher sie sich Gedanken mache, desto einfacher wäre die Abwicklung. Das passte gut, denn ich konnte die Gelegenheit nutzen, um mit meinem zweiten Auftraggeber, OB Dr. Lämmlein, zu sprechen. Die anderen waren bereits in eine heftige Diskussion vertieft, wie mies diese Geschichte und die mitwirkenden Akteure seien. Miriam und ich verließen gemeinsam den Tisch.

»Während du mit deinem Amtsleiter sprichst, nutze ich die Gelegenheit den OB zu informieren. Er wird nicht sehr erfreut sein.«

»Das ist alles so furchtbar schrecklich! Wie können

Menschen so gewissenlos sein. Den Kindern hätte wer weiß was passieren können. Mein Amtsleiter wird außer sich sein.«

»Wir treffen uns dann wieder am Tisch, okay?«

»Ist in Ordnung, ich brauche heute Nacht eine starke Schulter, an die ich mich lehnen kann. Und ich hatte gedacht, dass das Fest ein wenig vom Alltag ablenkt.«

»Tucholsky hat schon gesagt, erstens kommt es anders, zweitens als man denkt. Wir haben auf alle Fälle das Notwendigste eingeleitet. Deinen Kindern kann nichts mehr passieren.«

»Das beruhigt mich.«

Ich ging zurück zur Festbühne, wo keiner unserer Volksvertreter mehr zu sehen war. Sie hatten sich in einen separaten Raum im Zelt der Wollmesheimer zurückgezogen und besprachen wichtige städtische Probleme bei einigen Schoppen »Koalitionsentscheidungshelfer«. Im Eingangsbereich stand der OB und unterhielt sich mit zwei Männern und einer Frau. Ich trat zu der Runde hinzu. Die vier diskutierten heftig über die Freilegung der Queich im Innenstadtbereich. Der OB und sein Parteifreund Egon Eulenburger, Fraktionsvorsitzender der CDU, verteidigten das Projekt mit den Argumenten, dass fünfzig Prozent vom Land maßnahmengebunden mitfinanziert und durch den Attraktivitätsgewinn neue Investoren in die Stadt gezogen würden. Die starke Frau der Sozialdemokraten und ebenfalls Fraktionsvorsitzende, Else Rudow, und der SPD Bundestagsabgeordnete Willy Schäfer waren im Prinzip gegen das Projekt. Auch wenn die Gelder des Landes nicht für andere Maßnahmen Verwendung finden können, vertraten sie die Ansicht, dass die Stadt in wichtigere Maßnahmen, wie beispielsweise die Sanierung der Schulen, finanzieren sollte. Gerade hatte die rote Else dem OB erklärt, dass sie die Offenlegung der Queich an einen Sozialhilfeempfänger erinnere, der beim Juwelier eine teure Perlenkette kaufe, nur weil sie rabattiert sei, als der OB mich wahrnahm. Er nutzte die Gelegenheit, um aus der unangenehmen Diskussion auszusteigen.

»Ah, guten Abend Herr Sturm, Sie kennen die Anwesenden?«

Ich bejahte, schüttelte allen die Hand und fragte nach ihrem Befinden. Die politische Debatte wechselte in einen seichten Smalltalk über das schlechte Wetter, den erstaunlich guten Neuen und das harte Brot eines Privatdetektivs. Rudow und Schäfer verließen kurz darauf die Runde und Eulenburger bekam von seinem OB den Hinweis, dass er kurz etwas mit mir unter vier Augen besprechen müsse. Als er sich ebenfalls entfernt hatte, gingen wir in eine ruhige Ecke.

»So, Sturm, wir können zur Sache kommen. Bürgermeister Guth hat mich bereits informiert, welche Katastrophe bei der Kita passiert ist. Er hat die Sache in die Hand genommen. Dass der Mörder gefunden ist, habe ich auch schon erfahren. Sie haben gute Arbeit geleistet. Jetzt interessiert mich nur noch, was in meinem Bauamt passierte?«

»Nun, Dr. Lämmlein, Huber und Schacher haben die Stadt um einige Euro erleichtert. Ich kann Sie jedoch beruhigen, nach dem derzeitigen Ermittlungsstand war außer Huber niemand in Ihrem Amt in die Sache verwickelt. Durch den Giftskandal sind Sie noch einmal gut aus der Geschichte herausgekommen. Ich denke, Schacher muss gehörig Schadensersatz zahlen und sich wegen der gefälschten Analyse strafrechtlich verantworten. Huber können Sie aus bekannten Gründen leider nicht mehr belangen.«

»Das ist wohl wahr.«

»Ich werde Ihnen die von mir veranlassten Analysen zukommen lassen. Ich denke, Sie können sie gut für weitere rechtliche Schritte nutzen. Dadurch, dass das schwarze Schaf in ihrer Verwaltung nicht mehr lebt und sein privatwirtschaftlicher Kumpan mit enormen Schadensersatzklagen zu rechnen hat, haben Sie erst einmal Ruhe im Rathaus. Im Großen und Ganzen können Sie mit meinen Ermittlungen zufrieden sein.«

»Das bin ich auch voll und ganz. Sie haben hervorragende Arbeit geleistet. Wenn wir in Zukunft in meinem Zuständigkeitsbereich etwas zu klären haben, womit die Polizei nicht belastet werden muss, werde ich auf alle Fälle wieder auf Sie zurückgreifen. Es ist ein gutes Gefühl, wenn in meiner Stadt ein tüchtiger Privatdetektiv ermittelt. Sturm, ich gratuliere Ihnen zu Ihrem Erfolg. Machen Sie nächste Woche einen Termin mit meiner Sekretärin aus, dann regeln wir das Weitere und nun genießen Sie den Abend. Ich wünsche Ihnen noch ein schönes Fest. Bis die Tage.«

Wenn nun Miriam ihre Gespräche erledigt hat, könnten wir tatsächlich noch einen schönen Abend haben. Der Mörder sitzt bei der Polizei und Schacher würde sich den Rest seines Lebens an mich erinnern. Mit einer tiefen Zufriedenheit ging ich zu meiner Stammtischrunde zurück. Erfreulicherweise befand sich mein schwarzhaariger Engel bereits mitten in der Runde und unterhielt sich prächtig. Sie teilte mir sofort mit, dass mit ihrem Amtsleiter alles in die Wege geleitet sei und wir den Rest des Abends, den Umständen entsprechend, genießen können.

Amando freute sich riesig, dass Schacher endlich für seine Schweinereien zur Rechenschaft gezogen würde.

»Wenn du irgendwann eine neue Wohnung suchst, dann helfe ich dir für deine brillante Leistung umsonst. Es wurde Zeit, dass der Mistkerl dingfest gemacht wird. Niemand wird ihm nachheulen.«

Im Hintergrund dudelte eine volkstümliche Kapelle Durchhalteparolen wie »Wir machen durch bis morgen früh und singen bumms ...« oder forderten die Brüder auf, in die Palz zu kommen. Bei diesem Wetter schien mir die Aufforderung vergeblich. Es war recht kalt geworden und der Regen setzte wieder ein. Tom und Karl stellten mich fremden Besuchern als den größten Detektiv seit Sam Spade vor. Georg W. klopfte mir ständig auf die Schulter und stieß jedes Mal wieder mit mir an. Hatte dem Ossi noch niemand gesagt, dass man neuen Wein nicht wie Wasser kippt? Er machte sich auch keine Gedanken, als ein besoffener Fischkopf quer durch die Bänke stürzte. Die dreckige Brühe war für Fremde unheilvoll – süß aber gefährlich! Harry war sich sicher, dass ich nie mehr eine Katze fangen müsse, und Andy meinte, dass ab jetzt sogar die Ordnungsamtsbeamten respektvoll einen Bogen um meine Giulia machen werden. Zum Schutz vor kopfschmerzenden Folgen kauften wir zwei Zwiebelkuchen, denn keiner am Tisch konnte mehr sagen, wie viele Schoppen die Siegesfeier gefordert hatte. Einige schwere Zungen bewiesen jedoch, dass es etliche waren. Je kälter es wurde, desto enger standen die Menschen um uns herum zusammen. Einige Stunden später verließen wir geschlossen und recht weinselig das Fest. Die Jungs verabschiedeten sich unter tausend Gratulationen. Wir gingen in Miriams Wohnung, duschten noch einmal heiß die Kälte aus den Knochen und mummelten uns ins Bett. Sie legte ihren Kopf an eine starke Schulter.

Freitag, 14. Oktober

Um sieben Uhr klingelte der Wecker. Miriam musste früh aufstehen, denn bereits um acht Uhr war eine Krisensitzung im Rathaus terminiert worden. Wir hatten noch Zeit gemütlich zu frühstücken. Wir verabredeten uns zum Mittagessen, dann ging sie zur Arbeit. Ich wollte gleich zu Becker, denn es interessierte mich brennend, die Ergebnisse seines Verhörs zu erfahren. Was war letztlich das Motiv von Messerschmidt gewesen, seine wirtschaftliche Pleite oder seine Eifersucht? Der Sturm hatte nachgelassen, es regnete auch nicht mehr. Ich schlenderte gemütlich den Westring entlang, Richtung Polizeirevier, als mich plötzlich ein Mann anrempelte, der unachtsam aus einem Haus hastete. Es war mein Hausarzt, Dr. Bügner.

»Nicht so stürmisch, Herr Doktor, Sie wollen doch keinen Unfall provozieren.«

»Ah, guten Morgen Herr Sturm, schon so früh unterwegs?«

»Ja, ich bin auf dem Weg zur Polizei.«

»Haben Sie etwas ausgefressen?«

»Nein, nein, ich habe eine Verabredung mit Kommissar Becker. Wir haben gemeinsam an einem Fall gearbeitet, der glücklich abgeschlossen ist.«

»Dann lassen Sie uns doch ein Stück gemeinsam gehen. Ich habe die gleiche Richtung.«

»Warum nicht. Zurzeit haben Sie im Franzosenviertel einige Windpockenfälle, wie ich gehört habe? Ist die Krankheit nur dort ausgebrochen?«

»Eine Krankheit ist tatsächlich nur dort ausgebrochen, doch es sind unglücklicherweise keine Windpocken.«

»Keine Windpocken? Was denn?«

»Einige Kinder müssen dort mit giftigen Substanzen in Berührung gekommen sein. Die angeblichen Windpocken sind ein ganz übler Hautausschlag. Bislang konnte ich die Wurzel des Übels noch nicht diagnostizieren. Meine Laborergebnisse sind noch in einem toxikologischen Labor. Ich bekomme erst in den nächsten Tagen die Ergebnisse.«

»Vielleicht kann ich Ihnen weiterhelfen.«

»Sie? Wieso?«

Ich erzählte ihm von den Bodenproben, die ich entnommen hatte. Er war sehr erfreut darüber, dass ich ihm eine Kopie überlassen wollte.

»Eine der betroffenen Mütter ist in meiner Praxis total ausgeflippt. Ich wollte sie beruhigen und versicherte ihr, dass wir Schlimmeres noch verhindern können. Doch sie war dermaßen außer sich, dass ich mit dem Gedanken spielte, ihr eine Beruhigungsspritze zu geben. Ich war nicht in der Lage ihr zu helfen. Sie drohte, denjenigen, der für die Vergiftung verantwortlich sei, zur Rechenschaft zu ziehen.«

»Das war nicht zufällig Frau Messerschmidt-Liebenstein?«

»Das darf ich Ihnen nicht sagen.«

»Und wenn Sie es einfach nicht abstreiten. Das würde mir auch weiterhelfen.«

»Ich streite gar nichts ab.«

Wir hatten das Polizeirevier erreicht und trennten uns.

Mir wurde plötzlich einiges klarer. Becker hatte den Falschen in der Mangel. Ich ging an die Pforte und erklärte dem Beamten, dass er Becker ausrichten solle, ich sei auf dem Weg zum Lazarettgarten und Messerschmidt sei nicht der Mörder. Ich spurtete zu meinem Wagen und raste in Richtung Ile de France.

Wie Beckeres Fahrer am gestrigen Tag jagte ich mit dem Alfa durch Landaus Straßen Richtung Ile de France. Einige Fußgänger sprangen rechtzeitig zur Seite, als sie den röhrenden italienischen Flitzer hörten. Im Moment dachte ich nicht daran, dass der Herbst die Jahreszeit ist, wo die Tage kürzer und die Bremswege länger werden. Im Lazarettgarten angekommen, sprang ich aus dem Wagen und klopfte heftig an die Tür der Messerschmidts. Keine Minute später öffnete die Dame des Hauses. Sie schien nicht überrascht, dass ich vor der Tür stand.

»Guten Morgen, Herr Sturm. Kommen Sie doch herein, dann können Sie mir sagen, was Sie wollen. Wollen Sie die Tür Ihres Wagens nicht schließen?«

»Das tut jetzt nichts zur Sache, Frau Messerschmidt. Wollen Sie wirklich, dass Ihr Mann für Sie ins Gefängnis geht?«

»Wieso fragen Sie mich das?«

»Ich habe heute Morgen bei einer interessante Unterhaltung mit unserem gemeinsamen Arzt Dr. Bügner erfahren, dass einige Kinder hier im Viertel hochgradig vergiftet sind. Ihr Kind ist doch auch krank?«

»Ja und ...?«

»Soll ich Ihnen meine Sicht der Dinge schildern? Sie können mich ja verbessern, wenn ich von der wahren Geschichte abweiche.«

»Nun ..., fangen Sie an!«

»Sie hatten ein intimes Verhältnis mit Huber. Nachdem die Baugenehmigung für die Kita erteilt und die Bauarbeiten in Gang gekommen waren, hatte der ehrenwerte Bauamtsleiter kalte Füße bekommen, denn er wusste nicht nur, dass die Stadt um einige zehntausend Euro geprellt worden war, sondern auch, dass die notwendige Bodenanalyse gefälscht war. Deshalb hatte er auch Angst vor Schacher, denn der ist nicht zimperlich, wenn es um seinen Kopf geht. Weil er ihnen zutiefst vertraute, gab er ihnen einen Schlüssel zu einem Schließfach, in dem Unterlagen sein sollten, die die notwendigen Beweise gegen Schacher enthielten, die Sie der Polizei geben sollten, wenn ihm etwas zustoßen sollte.«

»Sie sagen mir nichts Neues!«

»Nun, Huber konnte nicht wissen, dass Ihr Kind mit anderen Kindern auf dem Außengelände der Kita spielte, obwohl es noch nicht fertig gestellt war. Aber Baustellen ziehen Kinder nun einmal an. Als dann die Pusteln auftraten und Sie vom Arzt erfuhren, dass es keine Windpocken sind, sind Sie ausgeflippt. Warum? Weil Sie ahnten, wo sich Ihr Kind vergiftet haben konnte. Sie sind nach Hause gefahren, haben den Schlüssel von Huber geholt, fuhren zum Bahnhof, öffneten das Schließfach, lasen die Unterlagen und sahen sich bestätigt. Daraufhin haben Sie sich eine der Waffen Ihres Mannes geschnappt, eine günstige Gelegenheit abgewartet und Huber erschossen. Er hatte die Vergiftung Ihres Kindes skrupellos in Kauf genommen und Sie nicht einmal davor gewarnt. Das konnten Sie ihm nicht verzeihen, dafür musste er büßen.«

»Langsam wird Ihre Geschichte interessant.«

»Es fehlen noch ein paar Details, doch die werden Sie bei einem Verhör auf der Polizeiwache noch preisgeben. Die Indizien werden Kommissar Becker ausreichen, um Sie zu überführen.«

»Wissen Sie, Herr Sturm, er braucht mich überhaupt nicht zu überführen.«

Ihr Gesicht war aschfahl geworden, sie wirkte resigniert. Scheinbar ergab sie sich in ihr Schicksal. Ob Vorsatz oder Affekt, sie hatte Huber umgebracht, das war ihr nun anzusehen. Sie spielte nervös mit einer Kaffeetasse, die vor ihr stand.

»Hören Sie auf mit dem verdammten Löffel zu klappern, sagen Sie mir endlich die Wahrheit!«

»Das, was Sie mir gerade erzählt haben, ist durchaus richtig. Er hätte mir den Schlüssel nicht geben sollen, der miese Bastard. Dass er krumme Geschäfte macht, habe ich schon geahnt, doch dass er in Kauf nimmt, Kinder zu vergiften, das habe ich ihm nicht zugetraut. Verstehen Sie, Kinder, unschuldige Kinder! Ich habe mich mit ihm im Park verabredet und hatte fest vor, ihn auf der Stelle zu erschießen. Eine geldgierige, skrupellose Hyäne hat nichts anderes verdient. Als wir uns trafen, konnte ich nicht einfach abdrücken. Ich stellte ihn also mit vorgehaltener Waffe zur Rede. In diesem Moment drehte er dann völlig durch. Er beschimpfte mich, dass ich das Schließfach ohne sein Wissen geöffnet hätte und ich sein Vertrauen missbraucht habe. Ich sei eine dreckige Schlampe, die seine Liebe überhaupt nicht verdient habe. Dann schrie ich ihn an und sagte ihm, dass mein Kind und auch noch einige andere Kinder vergiftet seien. Das läge an meiner miserablen Erziehung, war seine einzige Reaktion. Er zeigte keinerlei Mitgefühl mit dem Kind der Frau, die ihn liebte, beschimpfte mein Kind als einen dummen Balg, der an Orten spiele, die er besser nicht betreten sollte. Das hätte er nicht sagen sollen, das war zu viel! Ich habe einfach abgedrückt. Als er dann vor mir im Dreck lag, habe ich ihn ins Gebüsch gezogen und ging nach Hause. Er hat den Tod verdient!«

»Ich würde sagen, Sie holen sich jetzt einen Mantel, rufen jemanden an, der sich um Ihr Kind kümmert und kommen mit mir aufs Revier. Ich glaube, Ihr Mann wird sich freuen, aus den Klauen von Becker befreit zu werden. Andererseits wird er von der Wendung der Dinge nicht sehr begeistert sein.«

Frau Messerschmidt-Liebenstein machte nun einen gebrochenen Eindruck. Ihr Gesichtsausdruck war kalt wie Polareis. Die einstige Liebe zu Huber war in puren Hass umgeschlagen. Sie nickte fast unmerklich und telefonierte dann mit ihrem Kindermädchen. Mord ist zwar ein schlimmes Verbrechen, doch ich konnte ihre Reaktion nachvollziehen. Die Tat von Schacher und Huber war unverzeihlich. Eine Mutter, die Angst um ihr Kind hat, ist an und für sich schon unberechenbar, doch wenn die Angst von einem geliebten Menschen verursacht wird, dann potenziert sich die Unberechenbarkeit bis hin ins Irrationale.

Den Weg zum Polizeipräsidium konnte ich mir sparen. Becker stand bereits mit einigen Kollegen vor der Tür. Er hatte schnell reagiert, als er meine Nachricht erhalten hatte. Ich erzählte ihm von meiner Begegnung mit Bügner und dem eben geführten Gespräch mit Frau Messerschmidt.

»Na ja, Sturm, da haben Sie schnell kombiniert und vor allem gehandelt. Das Verhör mit Messerschmidt hat mich nach einigen Stunden an seiner Schuld zweifeln lassen. Er hat die Tat die ganze Nacht über vehement bestritten. Meine langjährige Erfahrung und meine Menschenkenntnis sagten mir insgeheim, dass er nicht der Täter ist. Doch dass seine Frau dahinter steckt, darauf bin ich nicht gekommen. Als ich dann heute Morgen Ihre Nachricht bekam, beschloss ich, sofort hierher zu fahren. Ihre letzte Aufklärungsaktion vor einem Jahr hatte ja gezeigt, dass Sie schnell in brenzlige Situationen kommen können.«

»Sie sehen nun, dass ich auch ohne Ihre Hilfe auskomme. Die Lösung dieses Falls gehört hundertprozentig zu meiner Trophäensammlung. Jetzt geht es nur noch darum, dass Schacher zur Rechenschaft gezogen wird. Ganz sicher hat die Stadt keine Schwierigkeiten, ihn kräftig zu belasten. Wenn wir Glück haben, tauchen auch noch die Dokumente auf, die Huber zusammengestellt hatte.«

Frau Messerschmidt-Liebenstein trat zu uns. Sie hatte meine letzten Worte gehört und griff in ihre Handtasche.

»Hier sind die Schlüssel zum Bahnhofsschließfach, die Unterlagen befinden sich alle noch dort. Ich bin mir sicher, dass das Material reicht um dieses Schwein Schacher hinter Gitter zu bringen. Er hätte den Tod eigentlich noch mehr verdient als Huber.«

Becker verzichtete darauf, ihr Handschellen anzulegen. Sie verließ mit ihm und den anderen Beamten das Haus. Ich dachte an ihr armes Kind, das seine schwere Krankheit nun ohne seine Mutter überstehen musste. Ich hatte den Fall zwar gelöst und darauf war ich sehr stolz, doch das Schicksal des Kindes lag mir schwer im Magen. Hätten andere Mütter oder Väter anders gehandelt?

Zur Mittagszeit traf ich mich mit Miriam. Sie war zutiefst erschüttert darüber, dass ihre Elternsprecherin die Täterin war. Genauso betroffen war sie, als sie von den Vergiftungen der Kinder hörte.

»Vielleicht kann Dr. Bügner helfen, wenn er weiß, wodurch die Vergiftung hervorgerufen wurde.«

Sie berichtete mir von der Sitzung am Vormittag. So wie es im Moment aussah, soll die Kita dem Erdboden gleichgemacht werden. Die Verwaltung war bereits dabei eine Übergangslösung für das Stadtviertel auszuarbeiten. Wenn alles bewiesen werden konnte, würde die Stadt glimpflich aus der Geschichte herauskommen, denn die Regresskosten müsste Schacher vollständig tragen. Ich hoffe, dass er für seine Taten auch noch lange Jahre im Knast wird schmoren müssen. Miriam selbst hat nach der ganzen Aufregung drei Wochen frei bekommen, ihr schöner Kindergarten sollte in den nächsten Wochen vorerst geschlossen werden. Sie hatte Urlaub und ich seit langem wieder ein üppiges Honorar zu erwarten. Das waren gute Voraussetzungen für zwei Frischverliebte!

Eine Woche später

Langsam schlich ich mich an die Katze heran, die keine zwei Meter vor mir auf einem Stuhl saß. Als ich gerade zugreifen wollte ..., tippte mir Miriam auf die Schulter.

»Hey, du bekommst kein Geld dafür, wenn du hier Katzen fängst. Wenn du Langeweile hast, dann kannst du dich ein wenig mit mir unterhalten.«

Es dauerte eine Ewigkeit, bis die Koffer auf dem Laufband auftauchten. Der Flughafen Kingston war da keine Ausnahme. Aber wir hatten viel Zeit. Das stürmische Wetter in der Südpfalz hatte uns bewogen, dorthin zu fliegen, wo es immer warm ist. Drei Wochen »All Inclusive« auf Jamaika, ich hoffe nur, dass sich kein Hurrikan hierher verirren wird.

Peter Dell, Leiche in Spätburgunder

Pfalzkrimi. 168 Seiten, 2003, 9,80 EUR
ISBN 3-930927-83-7

Peter Dell
Sturm über der Südpfalz